KB272110

제법
쓸 만한 후회

시간을 건너보내는 편지

제법
쓸 만한 후회

김영태 지음

미래의창

차례

이 책을 쓰면서 몽테뉴의《에세》를 떠올렸다.

하나의 키워드—혹은 주제—를 중심으로 고전과
경험에서 길어 올린 인용과 사례를 적절하게 조합해
주제를 향해가는 건축 같은 글짓기를 하고 싶었다.

이러한 글짓기는 아무리 좋은 건축 자재, 소재를 골라 써도
조화가 되지 않으면 소용없다.

건축물에 바람길, 물길을 내는 것처럼 지은 글에도
생각의 길, 숨의 길을 내야 한다.

어렵다. 어려우니까 더 해볼 만하다.

일러두기

• 본문에 포함된 모든 주석은 저자의 것입니다.

1부 * 출발선에 서서

시작하는 사람에게

1부 * 출발선에 서서

목줄을 끊고 나갈 정도로

팽 팽 하 게

목줄을 끊고 나갈 정도로

팽 팽 하 게

우리 집 막내 강아지 여름이는 생애 첫해를 제주도에서 보냈다. 제주도 가는 비행기를 탈 때는 기내 동반이 가능했는데, 서울로 다시 돌아올 때는 위탁 수하물로 따로 부쳐야 할 정도로 몸무게가 불었다.

여름이는 어릴 때부터 힘이 좋았다. 매일매일의 산책길은 생기라는 게 그렇게 힘찰 수 있음을 알게 하는 봄날의 작은 실험 같았다. 지금까지도 기억이 손끝에 생생하다. 집을 나서면 주인과 멀어질수록 더 행복해진다는 듯 앞으로 튀어 나갔다. 목줄을 통해 팽팽하게 느껴지던 그 발랄함의 힘. 나는 새싹을 틔우는 듯한 힘찬 박동을 실감했다.

하루는 서귀포 화순의 금모래 해변에 데려갔다가 바닷모래를 한 사발쯤 들이켰다. 놀라 동물병원을 찾아갔다. 의사는 돌도 소화할 수 있을 것이라 했다.

그러니 "돈 워리".

실제로 여름이는 모래가 섞인 똥을 이틀간 푸짐하게 쏟아냈을 뿐이었다.

스물일곱 때 나는 첫 번째 직장이었던 은행에서 나와서 신문기자가 되었다. 은행 일이 재미없었던 것은 아니었다. 연봉도, 동료도 꽤 좋았다. 초임 연봉은 대졸 기준 최고 수준이었고 그룹사 신입 공채보다 두 배 가까이 많았다. 그런데 매일매일의 출근길이 넥타이만큼 답답했다. 바람은 의지가 되었고, 의지는 실행이 되었다. 어느 날 불쑥 퇴사를 선언했고, 훌쩍 옮겼다. 후련했다. 연봉은 거의 반으로 줄었다. 근무시간은 크게 늘었다. 이후에도 직장을 여러 번 옮겼다. 하지만 첫 번째 이직만큼 쉽지 않았던 것 같다. 갈수록 어려워졌다. 한 가지 걱정을 애써 덜면 다른 두 가지 걱정이 생겼던 탓이다.

마흔쯤에 다시 제법 큰 변화를 만들었다. 사실 사십대는 직장에서도, 집에서도 나쁘지 않은 나이다. 일도, 몸도 좋다. 가정도, 자녀도 그럭저럭 괜찮다. 그런데 이런 안온함은 종종 독이 된다. 중독되면 서서히 추락할 수도 있다.

오래전 프랑스 소설가 로맹 가리의 《새들은 페루에 가서 죽다》라는 소설을 읽었다. 독서 기록을 들춰보니 2014년 9월, 마침 내가 마흔일곱 살 때다. 로맹 가리는 이렇게 적었다.

"마흔일곱이란 알아야 할 것은 모두 알아버린 나이, 고매한 명분이든 여자든 더 이상 아무것도 기대하지 않는 나이니까."

이미 경험할 만한 것은 다 해보았으므로, 무엇을 해도 재미없는 때라는 거다. 심지어 스무 살의 젊음이 보기엔 굳이 더 살 필요도 없는 그런 나이. 정작 당사자들은 종종 현실을 부정하며 희망의 유혹에 빠져 허우적거리겠지만 말이다.

마흔 이후가 죽은 나이라면 스물 혹은 서른은 살아 있을 때다. 돌도 쇠도 소화할 수 있는, 무쇠 팔 무쇠 다리를 갖춘 무적 시대다. 젊은 날엔 젊음을 모른다.* 젊음을 모르니 무엇을 해야 하고 무엇을 할 수 있는지 가늠하기 어렵다. 현재 가진 것이 없다고 미래에 가질 수 있는 대단한 것을 눈에 두지도 못한다. 혹은 한 줌도 안 되는 이미 가진 것에 속아 앞으로 가질 한 아름의 기회를 지레 겁먹고 놓치는 실수도 한다. 두려움은 젊음의 병이 될 수 없다. 늙어가는 게 두려운 것은 두렵다고 생각한 나머지 시도조차 하지 않게 되는 거다. 그러니 적어도 젊을 때만큼은 두려워하지 말기를. 그까짓 직장쯤에. 연애나 결혼, 출산, 내 집 마련이나 진학, 건강, 부모 따위도 마찬가지다.

당당하게 부딪쳐보기를. 어린 강아지처럼, 목줄을 끊고 나갈 정도로 팽팽하게.

* 1921년 노벨문학상을 받은 프랑스 작가 아나톨 프랑스는 "만약 내가 신이었다면 나는 청춘을 인생의 끝에 두었을 것이다"라고 했다.

시인 고명재는 〈우리가 키스할 때 눈을 감는 건〉에서 순수한 날의 날뛰는 힘을 찬양한다.

"개의 눈과 아이는 같은 성분으로 이루어져 있다.
순전히 날뛰는 힘을 갖고 싶어서
눈 녹인 물을 내 안에 넣고 싶었다."

제주도에서, 그리고 요즘까지도 종종 여름이가 내게 전해주는 성분과 힘이다.

국문학자 고 김윤식 서울대학교 교수는 후학들에게 넘겨줄 가장 큰 지혜는 "쫄지 말라"는 것이라 했다. 사람이 살면서 쫄아야 할 대상은 셋밖에 없다고도 했다. 부모님, 아내 그리고 하나님. 살아보니 이 셋 가운데 가장 신경 써야 할 분은 아내였다. 천륜보다 인륜이 더 어려운 데다, 내가 가지게 된 것 중에서 가장 소중한 존재인 만큼 가능한 한 위험을 피해야 했기 때문이었다. 아직 아내가 없었던 스물일곱의 나는, 무서울 게 없어야 했다.

씨앗은

　　　열매를 속에　　　품는다

비교는 복합적인 문제다. 요즘에는 개개인의 행복을 해친다는 이유로 아예 금기어로 분류하기도 한다. 고유성, 주체성, 자기애 등 관련 이론도 많다. 하지만 김영민 서울대학교 교수가 《인간으로 사는 일은 하나의 문제입니다》에서 지적했던 것처럼 자아실현은 방구석, 이불 속에서 홀로 이뤄지지 않는다. 공동체 안에서 함께 살아가야 하는 인간에게 비교를 회피하는 것은 어림없는 일이다. 비교는 잘 관리하면 힘이 된다. 변화와 성장의 동력이 된다.

스물일곱, 1년 차 기자 시절 이야기다. 여러 신문에서 열 개 정도의 좋은 글을 골라 매일 두 개의 칼럼을 필사했다. 비교하고 거리감을 느끼면서도 격차를 줄이되 나의 스타일을 찾기 위해 노력했다. 여섯 달쯤 지나자 틀이 잡혔고 1년이 넘어서는 생각의 속도만큼 손가락의 움직임 ─타이핑 속도─이 빨라졌다. 동물도 서로를 비교한다. 우리 집에는 반려동물이 넷이다. 강아지 둘, 고양이 둘. 막내가 고양이 꼼이다. 꼼은 아기 때부터 둘째 강아지 여름이를 비교 대상으로 정했는지

자주 같이 놀았다. 개냥이가 되었다. 세 살 많은 언니냥 밤은
홀로 '개판'에 끼지 못했다. 이런 경우에는 아빠와는 친해진다.
유유상종이니까.

비교는 시도로 이어지고, 모든 시도에는 실패가 따라온다.
그럼에도 비교는 가혹하고 동시에 치밀한 게 좋다. 미국 코미디
드라마 〈테드 래소〉에서 주인공 테드는 편안함을 느낀다는 건
잘못하고 있다는 뜻이라며 새로운 도전에 나선다. 미식축구
코치에서 영국 프로축구 감독으로의 전직을 수용한 것이다.
해보지 않았으니까 (겁이 나서) 못한다고 한 게 아니라, 해보지
않았으니까 (이제라도) 해보자 한 거다. 자기 몸에 일부러 상처를
내고 그 상처에 도전의 기억을 각인시키는 것, 그게 비교이며
변화와 성장의 길이다. 실패는 많을수록 좋다.* 비교한 뒤
자신의 위치를 잃거나 격차에 굴복하게 되는 것은 경계해야
한다. 조선 중기 명재상 오리 이원익 선생은 "지행상방
분복하비志行上方 分福下比"를 좌우명으로 삼았다고 한다. 뜻과
행실은 위와 비교하고, 분수와 재물은 아래와 비교하란다. 가장
좋은 비교는 타자를 거울로 삼되, 직접적 비교 대상은 자기

---

* 논어에 "군자는 배부름을 구하지 않고, 거처함에 편안함을 추구하지 않는다"는
공자 말씀이 있다. 학이편에 나온다.

자신으로 삼는 게 아닐까 싶다. 지금의 내가 아닌 미래의 나를.
1년, 3년, 10년 뒤, 혹은 죽기 직전의 나를.

씨앗은 열매를 속에 품는다. 비교할 때는 지금이 아니라
열매의 시절, 바로 훗날의 그때다. 삶은 경주가 아니다. 아무도
진짜 승자는 되지 못한다. 결과만이 아니라 과정까지 포함하는
거다. 승리나 패배, 성공과 실패가 아니라 변화와 성장이 목표가
되는 거다. 보상은 덤이다. 게다가 덤은 가끔 주어질 때 더 기쁜
법이다. 스프레차투라Sprezzatura라는 이탈리아 말도 있다. 경멸
또는 경시하다라는 뜻이었다는데, 르네상스 시대를 지나면서
어려운 일을 편안하며 우아하게 해내는 능력이란 의미로
진화했다고 한다.

비교에 주눅 들지 말자. 무심한 듯 그러면서도 세심하게.
어려운 일임에도 쉬운 일처럼 여유 있게. 굳이 완벽해지고자
목숨 걸 필요는 없다.

이름에는

이야기가 담긴다

얼마 전부터 책이 눈에 잘 들어오지 않았다. 커피를 마셔도 졸음은 여전했고, 스마트폰을 멀리해도 집중력은 돌아오지 않았다. 그럴 때는 전에 읽었던 책을 꺼낸다.

존 윌리엄스의 장편 《스토너》.

기록을 보니 10년도 더 지난 2015년 1월에 처음 만났다. 이후 윌리엄스의 다른 소설들도 찾아 읽었다. 이리도 좋은 글들이 왜 오랜 세월 무명의 무덤에 묻혀 있었을까. 어쩌면 작가의 이름도 그 이유 중 하나는 아니었을까 싶다. '존'이라는 이름은 한국에서는 '철수'나 '진우' 정도가 아닐까.

이름, 간단하면서도 복잡하다. 본질은 아닌데 본질에 가깝다. 그래서 사람마다 이름으로 불리며 자기를 조금씩 바꾸고, 어느새 그 이름을 운명처럼 안고 살아간다. 너무 흔해 이름값이 없다고 투정할지언정 끌어안고 평생 살아가기 쉽다. 세상은 생각보다 이름을 많이 따진다. 이름에 값을 매기기도 한다. 어느 학교 출신인지, 어느 회사에 다니는지, 명함 위에 어떤 직함과 직책이 적혀 있는지. 개인도 커리어도 '브랜드'라며 투자하고 관리하라고도 한다. 심지어 신념조차 브랜드화된다.
신입사원을 뽑는 면접장에서, 소셜미디어 닉네임까지, 우리는
쉴 새 없이 자기 이름을 판다. 인간이란 진리를 추구하거나 덕을
찾기보다 명예와 영광에 목마르기 마련이다. 이름이 전부인
세상은 삭막하고, 이름이 아무것도 아닌 세상도 허무하다.
어디로 치우쳐도 소외가 생긴다. 어떻게 해야 할까.

이름 팔아 사는 것은 상스럽다. 뇌물은 헛된 이름에
따라오고 존경은 깊은 인품에 따라온다. 그러므로 이름에서
벗어나되, 이름을 소중히 여기는 편이 좋다고 나는 믿는다. 이름
없는 가치를 만들기 위해 노력하되, 그것을 '누구의 것'이라고
말할 용기를 갖는 것. 이름이 흔하거나 지나치게 무겁거나,
혹은 너무 특별해서 고민이라면 그조차도 '나의 역사'라고
받아들이는 것. 나답게 만들어버리는 것이다. 본질은 이름을
뚫고 나온다. 셰익스피어의 희곡《로미오와 줄리엣》에서
줄리엣은 로미오를 바라보며 말한다. 장미는 장미의 이름이
아니어도 향기가 난다고. 무명의《스토너》가 전 세계적으로
다시 주목받게 된 것도, 결국 그 흔한 이름의 작가가 써
내려간 '이름 없는 인생'의 진수, 본질이 비로소 발견된 덕은
아니었을까.

게다가 이름을 불러야 일이 생긴다. 나를 나답게 만든
나의 이름, 나의 이야기가 담긴 나의 이름을 서로가 서로에게

불러줘야 일이 생긴다. 그 일들이 부딪쳐 더 큰 일이 생긴다.

그게 세상 돌아가는 이치다.

스물일곱은 한창 이름이 만들어지는 때다. 그 이름으로
평생 먹고살 수도, 버리고 새로 새길 수도 있다. 그래서
두렵다면 두려움 그대로 끌어안고, 설레면 설렘대로 씩씩하게
밀고 나가면 된다. 흔한 이름이든, 별난 이름이든, 결국 이름이
빛나는 순간은 주인이 자기 이야기를 꾹꾹 담아냈을 때니까.

"너의 이름은 무엇이더냐."

제아무리 시답잖은 질문처럼 보여도, 그 한마디가 모든
이야기의 시작이 된다.

그 이름을 부끄러워하지 말기를, 너무 폼나게 꾸미려
무리하며 애쓰지도 말기를.

겸손한 듯 당당하게, 이름을 내 것이라고 말할 수 있으면
된다. 스물일곱 혹은 이후의 어느 날에도, 바로 그 이름이
그리고 그 이름에 담긴 이야기들이 너를 증명할 것이니.

미모는 운이지만

표정은 의지라네

인정하든 말든 사람 사이의 첫 만남은 얼굴로 시작된다. 누군가를 처음 만났을 때 우리는 거의 반사적으로 평가한다. 본능이다. 좋고 나쁨을 떠나 얼굴은 사람과 사람 사이의 0.1초짜리 프롤로그다. 누군가는 그 프롤로그만으로도 책 한 권 분량의 대우를 받는다. 나쁜 짓을 해도 "그래도 얼굴은 잘생겼잖아"라며 마음이 느슨해진다. 때로는 면죄부를 줄 때도 있다. 물론 단점도 있다. 드물긴 하지만 어떤 잘못을 하면 "쟤는 얼굴 믿고 사는 거지"라는 비난이 따라올 수도 있다. 잘생긴 사람은 더위도 더 많이 탄다는 우스갯소리도 있으니까.

잘생긴 이들은 서로를 인정하지만 못생긴 사람들은 서로 밀어내는 경향마저 있다고 한다. 사회적 비교와 자기방어 심리의 결과라는 것이다.

이쯤 되면 자연스레 질문이 생긴다. 냉정하고, 현실적인 질문이다.

"나는 얼굴로 승부 보기엔 좀 벅찬데, 무엇으로 기억에 남을 수 있을까?"

다행히 방법이 있다. 표정이다.

외모 평가에서 불리한 이들이 표정과 익숙함으로 대중의 사랑을 받는 경우를 충분히 보아오지 않았나. "못생겨서 죄송합니다"라고 하면서도 "뭔가 보여드리겠습니다"를 외치던 어떤 사람이 대한민국 대표 국민 코미디언이 되기도 했다.*

얼굴은 물려받은 것이다. 유전자 조합의 결과물이다.

표정은 쌓아온 것이다. 눈썹 사이에 고인 습관, 입꼬리의 방향, 시선의 높낮이 등등…….

외모는 주어진 것이고, 표정은 살아온 결과다. 잘생긴 얼굴이 한순간의 감탄을 부른다면, 좋은 표정은 오래가는 기억을 남긴다.

신입사원 면접장의 한 장면이다. 면접관이 말했다. "자기소개서에선 굉장히 따뜻한 느낌인데, 실제로는 조금 차가워 보이네요?"

지원자는 당황하며 대답했다. "아, 제가 좀 무표정한 편이라…… 진심은 따뜻합니다."

면접관이 웃으며 말했다. "다음 면접부터는 진심 외에 약간의 미소도 챙겨오세요. 요즘은 표정도 스펙이에요."

---

* 고 이주일 선생. 영화에도 많이 나왔다. 대표작 중 하나가 1983년 작 〈얼굴이 아니고 마음입니다〉였다.

스펙을 따지는 현실이 못마땅하긴 하다. 어쨌든 그
지원자는 그날 이후 매일 거울 앞에서 '미소 근육 스트레칭'을
시작했다고 한다.

외모는 어디까지나 첫 장면일 뿐이다. 너무 걱정하지
않아도 된다. 끝날 때까지는 끝난 게 아니니까. 예컨대 영화
포스터가 아무리 멋져도 본편이 지루하면 끝까지 보기 싫은
법이다. 반대로 평범한 표지라도 내용이 좋으면 끝까지 본다. 볼
수밖에 없다.

동양철학에서는 얼굴을 내면의 기운이 드러나는 창이라
보았다. 눈빛에 담긴 진심, 말할 때의 리듬, 말 없는 순간에
드러나는 얼굴의 휴식 상태. 이 모든 게 진짜 매력을 만든다.
얼굴을 바꾸긴 어렵지만 (시간과 돈이 꽤 많이 든다) 표정은
얼마든지 (저렴하게) 훈련할 수 있다. 습관처럼 웃는 사람은
결국 인상이 부드러워지고, 진심으로 경청하는 사람의 눈빛은
생각보다 빨리 따뜻해진다. 표정은 감정의 결과이자 감정의
원인이 되기도 한다.

영국의 과학자 찰스 다윈과 미국의 심리학자 윌리엄
제임스의 추론에서 시작돼 지금까지도 전 세계 수많은
심리학자의 연구로 이어지고 있는 '안면 피드백 가설Facial Feedback
Hypothesis'[*]이 여전히 공감을 얻는 이유다.

미모는 운이지만, 표정은 분명 의지다. 사람들은 얼굴로는 현빈이 낫지만 표정으로는 이병헌이 훨씬 낫다고 말한다. 그리고 봄 햇살 같은 건치 스마일 라인을 가진 이병헌은…… 명실상부 월드 스타다.

* 사람의 표정이 그들의 감정 경험에 직접적으로 영향을 미친다는 심리학 이론. 행복해서 웃는 게 아니라, 웃어서 행복하다는 뜻으로 이해할 수 있다.

그렇게 좋은 건

내게 올 리 없다

그렇게 좋은 건

내게 올 리 없다

종종 마음이 급해진다. 성과에 대한 조급증 때문이다. 돈,
사람, 직장 등 거의 모든 영역에서 유혹이 스며든다. "좋은
땅이 매물로 나왔다", "최우수 고객에게만 제공되는 특별
혜택이다"라는 말을 들으면 귀가 솔깃해진다. 일주일 만에
수십 퍼센트 수익을 올렸다는 주식 투자방 링크에도 손가락이
반응한다.

　나도 심심할 때는 그들과 통화도 하고 문자메시지에
답장도 보낸다. 도대체 어떤 방식으로 나를 꾀려는지
궁금해하면서. 스며드는 유혹에 대한 내 반응은 이미 정해져
있다. 오랜 시간 연마해온 것이다.

　"그렇게 좋은 것을(이) 내게 줄 리(올 리) 없다."

　이미 세상에 가장 귀한 운은 거의 다 잡았다고 나는
생각한다. 더 이상 바라는 건 과하다. 가난했지만 성실하고
건강한 부모 밑에서 믿음직한 형과 함께 자랐다. 아름답고 착한
아내와 딸이 있고, 귀엽고 다정한 댕댕이 둘, 냥냥이 둘과 함께

산다. 운은 내가 할 일을 다 한 뒤에 바라는 것이다. 아무리 제
할 일을 다 한다고 해서 필수적으로 뒤따르는 기본값은 아니다.
이미 많이 받은 자에게 운은 덤이다, 그렇다고 나는 믿는다.
모든 유혹에 초연한, 심지가 굳은 놈으로 보일지 모르겠다.
그러나 다시 말하지만 하루아침에 이렇게 된 게 아니다. 수시로
스며드는 유혹들에 얼마나 흔들리며 살았는지 모른다. 운에
대한 생각을 심플하게 정리한 때가 마흔일곱 무렵이었다.

삶의 비밀 중 하나는 운이다. 운명이라 해도 좋다. 프랑스의
계몽주의 사상가 드니 디드로는 소설《운명론자 자크와 그의
주인》에서 우리는 운명을 이끌고 간다고 믿지만 실은 운명이
우리를 이끌고 가는 것이라 했다. 인생에서 무엇을 슬퍼해야
할지, 무엇을 기뻐해야 할지도 모른다고 했다. 좋은 것은 나쁜
것을, 또 나쁜 것은 좋은 것을 가져오는 법이라고도 했다.
요즘의 과학은 운명을 유전자 혹은 DNA로 풀기도 한다. 내가
유전자를 소유하는 것이 아니라 유전자가 나를 지배하고
있다는 뜻이다. 살아 보니 '운칠기삼'이라는 표현으로는 많이
모자라고, '운구기일運九技一' 정도 해야 들어맞는다. 심지어 오직
운뿐일 때도 많다. 성공은 운발이다. 어차피 정해진 것이니
애면글면하지 말고 수용할 수밖에 없다.
그런데 스스로에게 다시 묻는다.

“그게 최선인가?”

다시 생각의 회로를 돌린다. 다른 가능성을 찾고 싶다. 옛사람들도 운명과 의지 사이에서 무척이나 방황했었다.

존 윌리엄스의 역사소설 《아우구스투스》의 한 대목이다.

시저의 죽음을 전해 들은 소년 옥타비우스, 한 치 앞을 알 수 없는 그의 미래를 두고 그리스의 현자는 말한다. 그 아이 또한 다른 사람과 다를 바 없다고. 나중에 무엇이 되든, 그건 그 아이의 성격과 운명의 장난이 결정할 일이라고.

운명의 장난은 개인이 어찌할 수 없는 것이다. 그렇다면 남는 것은 성격, 즉 운명에 대한 태도다.

일본 재계에서 '경영의 신'으로 불렸던 파나소닉의 창업자 마쓰시타 고노스케 회장은 성공의 비결로 세 가지를 꼽았다. 첫째, 가난하게 태어난 것. 둘째 허약하게 태어난 것. 셋째 배우지 못한 것. 가난하게 태어났기 때문에 어릴 때부터 구두닦이와 신문팔이 등 다양한 세상 경험을 했다. 허약하게 태어났기 때문에 건강의 소중함을 일찍 깨달았다. 초등학교 4학년 때 중퇴했기 때문에 모든 사람을 스승으로 받들어 배우고 노력할 수 있었다.

행운은 붙잡지 않는다. 유혹은 스며들지 못하게 방수 처리한다. 이미 받을 만한 것은 다 받았다고 굳게 믿는다.

운명은 수용한다. 그러나 운명에 맞서는 태도는 견지한다.

이렇게 써놓고 보니 조금 미안해졌다. 젊은 독자들이, 심지어 그 시절의 나조차도 지금의 나를 꼰대라 비난할 수도 있겠다 싶다. 그럼에도 나이 들면서 얼굴이 제법 두꺼워져서 웬만하면 견딜 만하다.

2부 * 길을 잃어도

방황하는 사람에게

에너지로 바꾸는 방법

10년간 꼬박 다니던 회사를 그만두게 됐다. 친구에게 전화를 걸었다. 표면적으로는 심심해졌으니 좀 놀아달라는, 내면적으로는 심란한 나를 위로해달라는 뜻 정도였을 거다.

"아 그래? 잠시만."

전화기 너머 말소리가 들려온다. 부인에게 전하는 말인 듯했다. 무엇이 그리 급해 통화 중에 그 소식부터 전하는지. 그런데 그 목소리에 은근한 즐거움이 배어 있었다. 가늘게 들려오는 친구 부인의 반응에서도 묘한 반가움이 스쳤다.

너도 결국 그렇게 됐구나, 내 처지가 더 낫구나.

이 친구를 고약하다 생각할 수 없었다. 나 또한 그런 경우가 적지 않았으니. 고백하건대 남의 슬픔이 나의 기쁨이나 위로가 되었던 순간들―샤덴프로이데Schadenfreude*에서 자유롭지 못했던 게 사실 아닌가.

오비디우스는 《변신이야기》에서 질투의 여신을 이렇게 묘사한다. 질투의 여신 인비디아는 신음과 함께 깊은 한숨을 내쉬었다. 얼굴은 창백했고 몸은 형편없이 말랐다. 누런 이빨은 군데군데 썩어 있었다. 가슴은 시퍼렇게 멍들었고 혀에는 독이 묻었다. 입술에 미소가 감돌게 할 수 있는 것은 오로지 타인이 고통받는 모습을 볼 때뿐이다. 인비디아는 겉과 속이 항시 파괴되어가면서도 남의 아픔에서 아주 잠시의 기쁨만을 느낀다. 겉과 속이 동시에 썩어 들어간다.

그것이 질투의 본질이다.

질투는 삶을 흔든다. 질투의 대상이든 주체든 다를 게 없다. 질투는 복합적이다. 다스리기 참 어렵다. 프랑스 소설가 샤를 루이 필리프의 단편 〈앨리스〉에서 주인공 앨리스는 엄마가 자기에게 빼앗아 갓난 동생에게 준 모든 애정에 복수하고자 했고 결국 스스로 굶어 죽었다. 질투는 절망으로 번졌고 절망은 삶을 갉아먹었다. 앨리스는 고작 일곱 살이었다. 시인 기형도가 〈질투는 나의 힘〉이라고 했던 것은 질투에 대한 찬사가 아니었다. 자신의 희망이 다만 타인의 삶을 향한 질투뿐이었음을 깨닫고 단 한 번도 스스로를 사랑하지 못했던 젊은 날을 탄식했던 것이었다.

* 샤덴Schaden(손실, 고통)과 프로이데Freude(환희, 기쁨)의 합성어. 상반되는 개념으로 다른 사람의 행복이나 성공에 대해 함께 기뻐한다는 뜻의 프로이덴프로이데Freudenfreude 또는 미트프로이데Mitfreude가 있다.

질투는 집단화된다. 정치권에서 그들끼리 쏟아내는
막말들도 따지고 보면 권력 혹은 인기에 대한 질투에서 비롯된
것이 아닌가. 질투는 증오를, 증오는 싸움을, 싸움은 공멸을
불러온다. 현대 자본주의 사회는 그 자체로 질투 사회다.[**]
질투가 소비의 동력이 된다. 그가 가진 것은 나도 가져야 한다는
강박에 빠져 있다. 대중은 질투 속에 광분한다. 질투가 없으면
돌아가지 않을 정도다.

그래서 어쩌란 말인가. 다행히 그토록 고약한 질투의
늪에서 벗어나는 방법이 있다. 글을 쓰는 것이 그중 하나다.
목록을 적고, 이유를 달아두는 것이다. 점수를 매겨도 좋다.
불가능한 것인가, 시간이 흐르면 가능한 것인가. 비고란을
만들어 적어두는 것도 괜찮다. 질투의 대상에 대해 좋은
점과 나쁜 점을 구분해 나열하는 것도 괜찮다. 싱겁고 느린
방법이지만 효과가 제법 크고 오래간다.[***]

프랑스의 작가 미셸 트루니에는 오늘날 많은 사람이
글말을 제대로 하지 못한다고 했다. 글말을 잊은 대중은 사고를
잃어버렸다. 그런 까닭에 막말과 유머, 모욕과 위트를 구분하지

[**]   현대의 자본주의와 포스트모더니즘의 문제를 독일 철학자 페터 슬로터다이크는
       '질투 사회'로 개념화한다.

[***]   갈등 관계에 있는 두 사람을 불러 놓고 상대의 좋은 점과 나쁜 점을 목록으로 만들라고
       해보라. 억지로라도 좋은 점을 발견하게 되는 순간, 상대에 대한 미움이 풀리기 시작한다.

못한다. 그런데 질투의 이유를 글로 써 내려가면 질투의
이유가 희미해진다. 슬그머니 사라진다. 입으로 쏟아내는
막말과 모욕이 녹아내린다. 트루니에 선생은 일흔여섯이 되는
2000년에 죽기를 바라셨다는데, 그 뒤로 16년을 더 사셨다.
묘비명에 이렇게 적었다.

“고맙다, 나의 삶이여!
내 그대를 찬양했더니 그대는 그보다 백배나 더 많은 것을
갚아주었도다.”

질투를 다루는 또 다른 방법은 모자람을 기꺼이 수용하는
것이다. 남의 것을 빼앗아서라도 내 것을 채우고 싶은 욕심,
완벽에 대한 집착이 질투를 키우므로 모자람을 하나의
기준으로 삼는 편이 낫다. ‘와비사비わびさび’라는 말이 있다.
완벽하지 않은 것들을 귀하게 여기는 삶의 방식을 뜻한다.
미완성과 단순함을 가리키는 와비わび에, 오래되고 낡았음을
의미하는 사비さび가 더해진 말이다. 질투를 다스리는 글쓰기를
할 때 첫 줄은 비워두는 게 좋겠다. 비우면 채워진다는 생각조차
할 필요 없겠다.
완벽에 대한 집착을 깨면, 그렇게 글을 써 내려가면 그까짓
샤덴프로이데, 그까짓 질투에서 자유로울 수 있을 것이니.

부디
　　　모름의 즐거움을

잊지 말기를

사십대까지 MBTI 테스트를 하면 결과는 늘 ENTP였다.

논쟁을 즐기는 변론가, 규칙 파괴형 발명가. 회의 중 떠오른 아이디어로 판을 뒤집거나 누가 뭐라고 하든 밀어붙이던 태도. 조직 안팎에서 불편할 정도로 솔직하다는 평을 들었던 시절이다. 나 자신도 그렇게 믿고 있었다.

나는 그런 사람이라고.

그런데 오십대에 들어서면서 E가 슬그머니 I로 바뀌었다. 사람 많은 자리가 피곤해지고, 모임을 다녀오면 하루쯤 조용히 보내야 회복이 됐다. 그러다 T가 F로, P가 J가 됐다. INFJ. 논리를 밀어붙이기보다 상대의 표정을 먼저 읽게 되고, 예정에 없던 일정이 점점 꺼려졌다. 드라마를 보다가 어느샌가 울고 있다. 울어도 되는 걸까. 스스로 묻다가 곧 그만둔다.

사람들은 자기 자신을 수없이 정의한다. 아침형 인간, 내성적, 고양이파, 실내형 같은 분류는 어느새 선언으로 바뀐다. 그런 노래도 있었다. DJ DOC의 '나 이런 사람이야!'라는. 나 이런 사람이니까, 당신은 알아서 기고, 아니면 물러나 있으라고 함께 소리 질렀다. 이 노래를 따라 부르며 춤을 추면 설명하지 않아도 될 것 같은 편안함이 생기고, 세상의 기대나 질문으로부터 나를 지킬 수 있을 것 같았다. 어떤 사람은 슬픔을 숨기고 조용히 책장을 넘길 때 안정감을 느낀다. 또 어떤 이들은 청중 앞에 서서 일장 연설을 하고 스포트라이트를 받을 때 희열을 느낀다. 그 모든 감각이 나다움이라 불리고 곧 정체성이란 이름의 믿음이 된다. 그리고 그 믿음은 어느새 고집과 방어기제가 된다. 게다가 작금의 금쪽이식 교육에서는 이 믿음이 더 강화된다. 아이가 어떤 유형인지 미리 알아야 한다는 강박에 빠져 있다. "당신은 어떤 사람입니까"라는 질문은 이제 하나의 통과의례가 됐다.

나는 가끔 되묻는다. "그게 지금의 당신인가요, 아니면 예전의 당신인가요?"

이렇게 물으면 사람들은 잠시 멈칫한다. 많은 경우, 우리는 예전에 믿었던 나로 지금을 살아간다. 이미 바뀌었을지도 모른다는 사실은 외면한 채로.

우리가 정체성이라 부르는 건 타고난 본성이 아니다. 지속적인 경험과 선택의 누적일 뿐이다. 그리고 그 누적은 새로운 경험 앞에서 얼마든지 변화할 수 있다. 나를 설명하는 사실이 때로는 나를 가두는 거짓이 되기도 한다. MBTI가 정체성을 나타내는 절대적인 지표가 아니라는 것을 감안하더라도, 결론은 달라지지 않는다.

일본의 사상가 우치다 다쓰루는 《무지의 즐거움》에서
진정한 자기 같은 것에 주저앉고 매달리는 것은 허용되지
않는다고 했다. 어제의 나와 오늘의 내가 같다면 오히려
살아갈 보람이 없다고 했다. 또 배움이 진짜로 일어나면
'나'라는 주어는 더 이상 동일성을 유지할 수 없다고 했다.
그 대목에 밑줄을 쳤다. 정체성을 지키려는 마음이, 어쩌면
배움을 거부하게 하고, 그건 결국 인간이기를 포기하는 태도와
마찬가지라는 생각에 깊이 공감하면서 말이다.

나는 나를 모른다. 모른다고 말할 수 있을 때 비로소
배움이 시작된다는 것은 안다. 그 고백이 나를 확장한다.
반대로, 알고 있다고 믿는 순간 변화는 멈춘다. 정체성은 자기
이해의 출발이어야지, 결말이어서는 안 된다.
그러니 누군가 "너는 어떤 사람이냐"고 묻거든, 차라리
이렇게 답하자.
"아직은 모르겠습니다."
심지어 부모가 "너는 나중에 뭐가 될 거냐"고 물어도 이런
답이면 좋겠다.
"모르겠어요. 그래서 살아보려고요."
'나는 어떤 사람인가'보다 '나는 어떻게 되어갈
사람인가'가 더 중요하다고 나는 믿는다.

MBTI 결과가 바뀐 것을 반갑게 받아들인다. 나는 ENTP이자 INFJ이고, 어제의 나이자 내일의 나이며, 때로는 아무것도 모르는 나이기도 하다.

최주연 시인의 〈아주 작은 메리 상자〉의 한 대목은 이렇다.

"그게 좋아요 조금 낮은 곳에서
마음의 최선으로 고개를 치켜올린 뒤

사람들 발끝의 움직임을 천천히
따라가는 게."

부디 모른다는 것의 즐거움을 잃지 말기를. 그것은 무한의 문, 천천히 따라가면 된다.

가끔
멈추고

자주
달리기

아내는 내가 야구를 좋아하는 것을 몰랐다고 한다.
알았더라면 결혼하지 않았을 것이라고도 한다. 연애하면서
같이 야구장을 가보거나 야구를 대화 주제로 삼았던 적이 없다.
주말 중계를 진득하게 본 적도 없다. 아빠를 좋아하는 딸아이가
모처럼의 휴일, 같은 공간에 있는 아빠를 TV에 온전히 양보했을
리 없었다. 아이가 클 동안 TV는 사실상 무용지물이었다.
아내에게 정운찬 전 국무총리의 《야구 예찬》이나 미국의
스포츠 기자 레너드 코페트의 《야구란 무엇인가》를 건네도
거들떠보지 않았다. 브래드 피트의 영화 〈머니볼〉, 박민규의
소설 《삼미 슈퍼스타즈의 마지막 팬클럽》도 소용없었다.
일본 작가 다카하시 겐이치로의 《우아하고 감상적인 일본
야구》를 권했다면 좀 달랐을까. 미국 야구로부터 마다가스카르
야구에 이르기까지 대략 9천 종의 아종이 존재하고, 야구가 곧
인생임을, 인생의 행위예술임을 일러줬다면 조금은 우호적으로
대했을까. 아마도 마찬가지였을 거다.

　야구를 제대로 보지 못한 그 오랜 시간, 나의 팀 LG
트윈스는 우승하지 못했다. 무려 29년이었다.* 그동안 나는

결혼하고 아이를 낳고, 아이는 자라 대학을 졸업했다.

야구는 게으른 스포츠다. 집에서, 소파에서 '보는' 야구는 그렇다. 카우치 포테이토라는 말이 괜히 나왔을까. 눈은 타자와 함께 공을 때리고 홈베이스를 파고들지만 몸뚱이는 그저 숨을 쉴 뿐이다. 발가락으로 리모컨을 돌리는 건 신공이 아니라 초식에 가깝다. 마르크스의 사위 폴 라파르그의 《게으를 권리》라는 글을 접하고 얼마나 좋았는지 모른다. 게으름을 적이라 간주하고 수십 년을 살았는데 그게 권리였다니. 라파르그는 개인적으로나 사회적으로나 프롤레타리아가 겪는 비참함은 대부분 노동을 향한 열정에서 비롯된 것이라고 했다. 일을 향한 열정이 오히려 스스로를 파괴한다는 거다. 그러므로 독일의 극작가 레싱의 말처럼 모든 것에 게을러질 수밖에 없다. 사랑하고 술을 마시는 것만 빼고 말이다. 영국의 철학자 버트란드 러셀도 비슷한 생각을 남겼다. 그는 《게으름에 대한 찬양》에서 근로가 미덕이라는 믿음이 현대 사회에 막대한 해를 끼치고 있다고 지적했다. 인류가 행복해지고 번영하려면 조직적으로 일을 줄여가야 한다고 했다. 예컨대 보수를 덜 받더라도 하루에 네 시간쯤만 일하면 된다는 것이다. 그러면

<hr>

*   2023년 LG 트윈스는 1994년 이후 29년 만에 정상에 올랐다. 한 해 건너 2025년 다시 통합 챔피언이 되었다.

실업도 없고 여가도 충분해질 수 있다고 했다.

자기 자신마저 상품이 된 신자유주의 자본의 시대, 모든 일이 프로젝트화되어 투명하게 감시받는 사회에서 게으름이 권리이며 미덕이 되는 역설 앞에 잠시나마 흐뭇해진다.

그런데 잠깐의 시간 후 오래된 교육의 흔적들이 목덜미를 잡는다. 성경에서 자기계발서에 이르기까지 온갖 계율들이 쏟아진다. 쉬지 말고 기도하라, 개미를 보고 배워라, 다섯 수레 분량의 책을 읽고 침대부터 정리하라는 조언들까지 숨이 턱 막힌다. 언젠가 국민 강사로 불리는 김미경 씨를 만나 물었다. 성공의 비결이 무엇이냐고. 그는 매일 새벽 4시에 일어나 연습했다고 했다. 그것도 20년 넘게. 새벽 4시는 귀신이 나오는, 귀신도 도와주는 시간이다. 박지성과 강수진의 발 사진을 보고 얼마나 놀랐던가. 그 사진에 담긴 시간을, 노력을.

여기서 질문해보자. 그래서 게을러도 된다는 것인가, 아니면 게으르면 안 된다는 것인가. 정답은 알 수 없다. 다만 세월이 흐르면서 몇 가지는 짐작할 수 있게 됐다.

첫째, 어느 한쪽으로 몰려가는 것은 좋지 않다. 가끔은 멈추고, 자주 달려야 한다는 것이다. 살아온 바에 따라 비율을 굳이 말하자면 1대 9, 2대 8 정도가 아닐까 싶다.**

둘째, 게으르기 위해 일하거나 일하기 위해 게으른 것은 추천하지 않는다. 어느 한쪽을 목적으로 삼고 다른 한쪽을 수단으로 삼는 건 지양한다. 놀 땐 놀고, 일할 땐 일하라.

그리고 가장 중요한 세 번째, 사랑하는 일에는 게으르면 안 되고, 게으를 수 없다.

미국 시인 에즈라 파운드는 〈부도덕성〉에서 이렇게 적었다.

"사랑과 게으름을 노래하니
그밖에 가질 만한 것은 없다.
내 비록 여러 나라에 살아봤지만
사는데 별다른 것은 없더라."

매년 봄 야구 시즌 개막 이후부터 중계를 찾아서 보는 요즘의 나는 아내에게 낯선 남자다. 그러나 가끔 게으르고 늘 사랑하는 게으름의 윤리―게으름이 도약을 위한 축적의 시간이라는 믿음―가 낯섦에도 같이 살 수 있는 이유겠다.

***

** 적정 수준의 워라벨에 대해서 나는 아직 일중독자의 생각에서 크게 벗어나지 못했다. GE의 전 회장 잭 웰치는 재임 시에는 일과 삶의 구분 자체가 무의미하다고 했다가 은퇴 후 8대2 정도로 양보(?)했다.

빠른 길보다

좋은 길이 있다

낭만이라는 말은 금기어에 가깝다. 이름 앞에 붙는 순간 그는
별종이 된다. 특이한, 조금은 웃기는, 진지한 세계에서 한발
비켜 있는 싱거운 사람이 된다. 그런데 금기어는 매력적이다.
더 자극적이고 더 눈에 밟힌다. 낭만은 어딘가 예스럽고
감상적이다. 종종 허당, 허상, 허울이 따라붙기도 한다. 대개는
그 셋에 무너지고 말겠지만, 어떤 사람은 괜찮다. 허당이어도
사랑스럽고, 허상이어도 애잔하고, 허울이어도 기대고 싶은
이들이 있다. 예컨대 최백호와 김사부, 임찬규가 그렇다.

금지된 낭만을 찾아, 우선 향하는 곳은 노래방이다. 이게
다 최백호 때문이다. 최백호의 '낭만에 대하여'를 들으면 도라지
위스키 없이도 취한다. 상처 깊은 목소리, 오래 묵은 울림이
만드는 공기의 흔들림은 노래 이상의 서사다. 낭만을 넘어서는
'나앙만'이다.

〈낭만닥터 김사부〉라는 드라마도 있다. 실력 있지만
삐딱하고, 그래서 외로운 인물이 주인공이다. 수많은 메디컬
드라마 중에서도 유독 오래 살아남았다. 뾰족함으로 위장한
무너진 속내가 깊은 공감을 끌어낸다.

야구장도 있다. 프로야구 구단 LG 트윈스의 임찬규 선수가 대표적이다. 그의 초저속 커브는 제법 오래 지켜봐야 한다. 그는 후배의 호수비에도, 공에 맞은 상대 선수에게도 깊이 머리를 숙인다. 히어로 영화 속의 '약한 영웅', 쥐어터지면서도 끝내 중심을 지키는 캐릭터 같다. 그런데 이상하게도 요즘 사람들은 타인에게는 간혹 낭만적이라 말하면서, 정작 자신이 그렇게 불리는 것을 바라지 않는다. (이십대 시절, 20세기 최후의 로맨티시스트를 외쳤던 나는 어디로 갔는가.)

낭만의 문제는 결국 속도의 문제다. 지금은 속도가 미덕인 시대다. 모두가 서두르고, 줄이고, 생략한다. 그래서 낭만이 누군가에게 힘이 되려면 몇 가지 조건이 필요하다. 그중 두 가지를 임찬규에게서 찾을 수 있다.

첫째는 고통이다. 그는 원래 파워볼러였다. 하지만 팀의 암흑기 시절에 혹사당했고 다쳤다. 그럼에도 포기하지 않았다. 할 수 있는 것을 찾았고, 그것을 극대화했다. 지금 그가 던지는 커브의 곡선은 고통을 견딘 사람이 남길 수 있는 극복의 궤적이다. 기준영은 소설 〈다미와 종은, 울지 않아요〉에 "삶은 일종의 분투일 것이다. 아니, 겹겹의 노래인지도 모른다"라고 썼다. 여기서 '아니'는 부정이 아니라, 수용의 뜻일 것이다.

두 번째는 유머다. 강한 멘탈에 솔직함을 더한다. 이런 일화가 알려져 있다.

차명석 코치가 말했다. "야, 임찬규. 코치로서 내 단점을 말해봐라."

임찬규가 답했다. "없습니다."

"하나라도 말해봐."

"얼굴."

"외모 말고, 이 자식아."

"지금 이런 행동들……."

오래, 치열하게 버틴 사람만이 짧게 그리고 가볍게 넘길 수 있다. 농담에도 서사가 있다.

느리게 간다는 건, 언뜻 무력해 보이지만 속으로는 아주 단단한 반작용이다. 빨리 성공하지 못한 사람, 빨리 잊지 못한 사람, 빨리 포기하지 못한 사람에게 낭만은 허락된다. 그렇게 낭만은 저항이 된다. 효율에 대한 저항, 정답에 대한 저항, 무표정에 대한 저항.

지나간 어떤 일은 오래 생각난다. 오래된 것들이 제일 느리고, 그래서 자주 돌아온다. 스위스 작가 로베르트 발저는 산책에서 새로운 길을 찾았다. 일부러 멀리 돌아가는 산책을 하다 보면 쓸 만한 생각들이 많이 떠오른다고 했다. 빠른 길보다 좋은 길이 있다. 독수리는 먹이를 낚아챌 때 직선이 아니라 곡선으로 휘어들어 온다. 쇼트트랙 스케이트에서 아웃코스로

크게 돌아 가속도를 얻은 후 인코스로 치고 들어오며
추월한다. 먼저 바라봐야 할 것은 목적지까지의 거리가 아니라
그곳까지의 궤도다.

　　다시 임찬규로 글을 맺는다. 누군가 마운드 위에서 시속
100킬로미터가 안 되는 공을 던진다.* 힘이 아니라 궤도로
사람을 납득시킨다. 느림을 견딘 궤적은 더 깊고 오래간다.
올해에도 LG의 우승을 낭만적으로 희망한다.

---

*　미국 메이저리그 야구에서도 아리랑 볼을 던지는 투수들이 종종 있다. 허를 찔려 눈 뜨고도
반응하지 못하는 타자가 대부분인데, 간혹 연습 공 치듯 담장을 넘기는 못된 타자들도 있다.

궤도에서

떨어지면

책상 위에는 반쯤 식은 아메리카노가 놓여 있었다. 전날의 숙취로 속이 쓰렸다. 예고 없이 들이닥친 인사 담당 상무의 눈빛이 내 얼굴에 깊숙이 파고들었다.

"해임 소식을 전하러 온 겁니까?"

내 입에서 나간 말인데도 정작 내 귀에는 남의 말처럼 들렸다. 상무는 당황한 듯 고개를 끄덕이며 물었다. "어떻게 알았습니까?"

내 짬바가 얼만데 그걸 모를까. 당신이 들어오면서 공기의 흐름이, 실내 온도가 달라지지 않았나. 지금쯤이면 나의 이름은 사내 전산망에서 소리 없이 지워지고 있을 터였다. 10분. 통보에서 짐을 싸라는 선고까지 걸린 시간이다. 십수 년의 세월이 컵라면 물 끓이는 동안 증발해버렸다.

그렇게 그 직장을, 그 자리를 떠났다. 명예퇴직이라는 말은, 명예롭지 않기 때문에 만든 말이었다.

사고는 그렇게 온다. 어느 순간 갑자기 온다. 그런데 곰곰이 생각해보면 다른 모습이 보인다. 내가 몰랐던 것은 사고 발생의 정확한 시간이었지, 사고 자체가 아니라는 것을.

'하인리히 법칙'이라는 게 있다. 중대사고 1건 전에 경미한 사고 29건과 징후 3백 건이 있다는 통계적 법칙 말이다. 사고의 삼각형 또는 재해의 연속성이라고도 불리는 그것이다. 모든 사고는 전조가 있다. 그것도 아주 많이. 알아채지 못했을 뿐이지 없었던 건 아니다.

어쨌든, 궤도에서 나는 떨어졌다. 이번에는 자의가 아니라 타의라는 점에서 예전과는 크게 달랐다. 직장의 선후배들은 전화조차 하지 못했다.

집안 어르신들이 난리였다. 걱정, 걱정, 걱정.

아내는 (겉으로는) 예상보다 담담하게 받아줬다. 차라리 잘됐네, 몇 달 쉬지 뭐.

딸아이도 괜찮아 보였다. 아빠 자주 보면 좋지 뭐. 학교나 학원 갈 때 아빠가 데려다주면 되겠다.

난 이틀만 괴로워하기로 했다. 약간의 후회와 반성은 필요했다. 어차피 퇴직금도 좀 있으니, 경제적 타격이 크지는 않을 터였다. 잠시 멈추는 것도 나쁘지 않다고 믿기로 했다. 닥치는 대로 책을 읽었다. 아침에는 소설을, 오후에는 인문학과 경제학을, 저녁에는 시를 찾았다. 가즈오 이시구로의 장편소설 《부유하는 세상의 화가》도 그때 읽었다. 자기합리 미화의 극치다. 충격적인 사건이 발생하면 이를 받아들이는 과정,

즉 합리화가 필요하다. 그리고 어차피 합리화할 것이라면,
수동적인 것보다는 능동적인 게 낫다. 그렇게 믿기로 했다.

마당의 낙엽을 쓸고, 담벼락 넘어 골목길을 쓸었다. 동네
어르신들과 마주치면 고개 숙여 인사드렸다. 저 집에 썩 괜찮은
아저씨가 살아. 그런 소리가 담장 넘어 들리기도 했다.

궤도에서 떨어졌는데, 다른 궤도에 올라탄 것 같았다.
아니 어쩌면 처음부터 궤도라는 게 없었을지도 모르겠다. 그냥
부유했던 것은 아닐지. 그렇게 지내다 한 선배의 전화를 받았다.
자주 연락하던 사이는 아니었다.

"이야기 들었어. 요즘 뭐해?"
"도 닦습니다."
"하산하지 그래. 어떤 회사에서 사람을 찾는데, 당신에게
잘 맞을 것 같아. 지원해봐."
"직급이 안 맞는데요."
"배부른 소리하고 있네. 자리가 있고 직급이 있는 거야."

몇 달 뒤 재취업에 성공했다. 직급은 다운그레이드했는데,
사람은 업그레이드된 것 같았다. 누군가는 실패는 성공의
어머니라고 말했지만, 나는 실패는 성공의 할아버지라고
생각한다. 할아버지, 얼마나 좋은가. 자주 뵙지 못해도, 자주

뵙지 않아도 별다른 말이 없는 분이다. 속으로는 어떨지 몰라도 겉으로는 걱정하지 않는 대범한 모습을 지녔다. 게다가 뵐 때마다 손주 주머니에 조금이라도 용돈을 넣어주시는 고마운 분이 아닌가.

말하기의

반대는

기다리기다

대학 4학년을 앞둔 때였다. 미팅 상대가 물었다. 집이 어디냐, 부모님은 무엇을 하시냐, 졸업 후 계획은 어떻게 되느냐. 나는 과천에 산다. 아버지는 공무원, 어머니는 전업주부, 졸업 후엔 군대 갈 것 같다고 답했다. 조건에 맞으면 계속 만나고 아니면 애프터는 없다, 그런 뜻이었을까.

상대는 결혼이 자신의 일에 장애가 되지 않아야 한다고, 아니 남편 혹은 시댁의 경제적 지원이 꼭 있어야 한다고 말했다. 속으로는 결혼 생각이 1도 없지만 겉으로는 "부인이 하고 싶어 하는 일을 말릴 생각 없다, 당연하다"고 답했다. 그러자 그는 "말로만 되는 게 아니다, 경제적 지원이 꼭 필요하다"고 했다. 정상적인 대화는 거기에서 끝났다. 지하철역 앞에서 헤어졌다. 다시 만날 일은 없겠지만 오래 기억날 것 같다고 상대는 말했다. 그럴지도 모르겠다고 답했다. 이렇게 글을 쓰고 있는 걸 보면 허언은 아니었나 보다. 다만 이름도, 얼굴도 기억나지 않는다.

조건은 따질 수 있다. 그래야 할 때도 있다. 콩깍지가 벗겨지면 곧바로 현실의 벽이 나타나는 법이니까. 하지만 첫 만남부터 들이댄다면 과하다. 준비성이 강한 사람이라고 좋게

볼 수도 없다. 머릿속으로야 만리장성을 쌓든 달나라에 가든 누가 뭐라고 하랴. 어디 이런 경우뿐일까. 말의 범위 혹은 표현의 한계는 살아가며 너무도 자주 마주치는 문제다. 개인 간의 소소한 언쟁에서 조직과 회사 간의 갈등, 나아가 국가 간의 전쟁까지—하지 않아도 될 말, 해서는 안 될 말에서 비롯되는 경우가 너무나 많다. 어린아이들도 종종 능숙하게 침묵의 기술을 구사한다. 예컨대 "엄마가 좋아? 아빠가 좋아?" 같은 질문에 곧이곧대로 답하지 않는다. 이런 질문에는 묵묵부답이 최선이다. 열 살도 아는 일을 어른들은 모른다. 배운 사람일수록 말의 범위를 자주 넘고, 침묵의 기회를 더 자주 잃는다.

황성 화백의 무협만화《백협전기》를 보자. 하찮은 출신이라며 막말을 쏟아내는 세가 자제들에게 동네 건달 청풍이 말한다. 차별을 생각하는 것도 어리석고, 입 밖으로 꺼내는 건 더 어리석은 일이라고.

말은 마음을 충분히 담지 못한다. 말이 통하지 않을 때는 뜨겁게 사랑하다가 서로의 언어를 알게 된 뒤에 헤어지고 말았다는 스토리가 얼마나 많은가. 사랑이 그럴진대 다른 건 오죽할까. 언어는 우리의 사고를 표현하는 도구지만 그 도구는 종종 혼란 그 자체가 된다. 무엇이 말해질 수 있고 무엇이 말해질 수 없는지를 구분하는 일은 거의 불가능하다. 말과 침묵, 화자와 청자의 상대성. 결국 해답은 역지사지에 있다. 뉴욕의

작가 프랜 리보위츠는《나, 프랜 리보위츠》에 "말하기의 반대는
듣기가 아니다. 말하기의 반대는 기다리기다"라고 적었다.
그렇다. 기다림이라는 침묵 속에서 말은 힘을 얻고, 잊힐 기회를
얻는다. 말보다 침묵이 안전할 것 같다고 해서, 어지간하면
도망쳐야 할까. 아니다. 실언하고 후회하고, 사랑하고 오해하는
일은 아무것도 하지 않고 숨어 지내는 것보다 백배 천배는
낫다고 나는 믿는다. 다만 나의 말이 타자에게 칼이 되거나
타자의 말이 내게 칼이 될 수 있다면, 그럴 때 조금 비겁해
보여도, 멍청해 보여도, 도망치는 게 좋다. 문제는 '그때'를
어떻게 구별해내느냐는 것이다.

어렵다. 그래도 말이 말 같지 않은 말 많은 세상에서, 말인
척하는 말과 글인 척하는 글을 다루며 수십 년을 살아보니
이쯤은 알 듯하다. 헛갈릴 때, 상황 파악이 안 될 때,

그럴 땐,

"그 입, 다물라."

3부 ✳ 매일의 전선에서

일하고 버티는 사람에게

66

나는
아니었을까

E에게,

퇴사를 고민한다는 메일을 읽었습니다. 얼마나 힘들게 그 회사에 취업했는지 잘 알기에 마음이 더 무거웠습니다. 이렇다 할 만한 답을 드리기는 어렵지만, 이렇게나마 답장을 전합니다.

요즘 악당 혹은 악역을 의미하는 빌런이라는 단어를 자주 접하게 됩니다. 직장에서는 특별히 '오피스 빌런'이라고 부른다지요.

제 기억 속에 묻혔던 인물들이 떠오릅니다.

기자 초년병 때였습니다. 제법 긴 해설기사를 써야 했습니다. 데스크는 원고를 받자마자 찢어버렸습니다. 손 글씨로 원고지에 기사 쓰던 시절입니다. 마감 전 겨우 다시 제출했습니다. "그래, 이렇게 써야지." 이번에도 읽어보지 않았습니다. 저는 복사본을 남기기 위해 먹지를 챙겨야 했습니다. 다행히 얼마 후 노트북이 지급됐습니다.

임원 시절, 그룹 정보시스템 통합계획을 CEO에게 보고했습니다. 시키지 않은 일을 했다며, 학력과 경력까지

들먹이며 화를 내더군요. 며칠 후 그룹 회의에서 CEO는 의장에게 말했습니다. 인수합병 후 꼭 필요한 일이라 담당 임원인 제게 지시했노라고.

관리자 때입니다. 팀원 한 명이 매번 보고서 시한을 맞추지 못했습니다. 간간이 물어보면 괜찮다, 제시간에 끝낼 수 있다고 했지만, 결국 말뿐이었죠. 결국 그가 맡은 일까지 제가 미리 해두어야 했습니다.

제 경험에 따르면 열 명 중 한 명은 빌런입니다. 특히 자기만 옳다고 믿는 사람은 열이면 열 모두 그렇습니다. 《해피 메니페스토》를 쓴 영국 경영자 헨리 스튜어트는 오피스 빌런을 없애려면 똑똑하기만 한 문제아는 뽑지 말아야 한다고 했습니다. 그런데 채용의 순간에는 지원자의 똑똑함만 보이고 정작 문제는 잘 보이지 않습니다. 타고난 빌런은 별로 없습니다. 대부분 만들어집니다. 분위기, 상황, 구조와 시스템 같은 것들이 양분이 되죠. 폴란드 출신의 사회학자 지그문트 바우만은 《현대성과 홀로코스트》에서 악은 괴물 같은 것이 아니라, 질서와 효율, 합리성이라는 이름으로 작동한다고 했습니다. 독일의 철학자 한나 아렌트의 악의 평범성은 또 어떻습니까.

빌런은 피하는 게 좋습니다. 정면승부가 미덕이 되는 펜싱 경기가 아닙니다. 제가 살면서 얻은 잘 피하는 방법은 이렇습니다.

하나, 거리 유지. 너무 가까우면 물듭니다.

괴물과 싸우는 사람이 괴물이 되어서는 곤란합니다. 상대를 바꾸려고 너무 애쓰지도 마십시오. 대개는 구조를 바꾸는 게 사람을 바꾸는 것보다 빠릅니다.

둘, 동지 확보. 믿을 수 있는 사람 하나만 있어도 훨씬 낫습니다.

완전한 지옥은 피할 수 있으니까요. 최소한 혼자 죽는 상황은 없을 겁니다. 타노스에 맞섰던 어벤져스 영웅들도 그랬습니다.

셋, 때가 되면 떠나세요. 회사에서 혹은 그에게서.

용기란 끝까지 버티는 것이 아니라 때를 알아보는 눈입니다. 조직이 당신의 자존감을 망가뜨릴 때, 의심해야 할 건 당신이 아니라 그 구조입니다.

빌런을 너무 미워할 필요는 없습니다. 그냥 흘려보내세요. 빌런은 늘 어딘가에 있고, 당신은 어디서든 계속 성장할 겁니다. 버지니아 울프는 우리 마음속의 악마를 경고했습니다. 우리 안에는 '나는 미워한다, 나는 사랑한다'고 속삭이는 악마가 늘 자리 잡고 있지만, 그럼에도 우리는 그 목소리를 완전히 잠재울 수 없다고 했습니다. 그러니 어쩌겠어요, 차라리 그 목소리에 잠시 귀를 기울여보는 것도 나쁘지 않을 겁니다.

어쩌면 빌런이 아예 없는 것보다 있는 게 나을 수도 있습니다. 뻔한 이야기 같지만 슈퍼히어로는 슈퍼빌런의 존재 속에서 더 빛나는 법이니까요.

추신: 참, 앞에서 소개한 제 기억 속의 세 사람 중에서 진짜 빌런은 누구였을까요. 혹시 저는 아니었을까요.

월급이 아니라

삶의 언어다

월급이 아니라

삶의 언어다

1986학년도 대학 입학 전형에 대학별 논술고사가 재도입됐다.
지원했던 대학의 출제 문제는 이랬던 것 같다.

"직업에 대하여 논하시오."

세 단어를 골라 글의 뼈대를 세웠다. 일, 의무, 소명.
여기에 내 아버지의 이야기를 엮었다. 직업에 대한 나의 관점은
묘하게도 열아홉 그때와 다르지 않다. 그 세 가지를 중심으로
풀어본다.

하나는 밥벌이다. 우리가 매일 아침 눈 비비고 억지로
일어나 직장으로 출근(해야)하는 이유가 된다. 살아남기 위해
행하는 기계적인 노동의 얼굴을 하고 있다. (열아홉 살의 나는 나와
가족을 위한 밥벌이가 이렇게 고달플지 미처 몰랐다.)

두 번째는 의무 혹은 책임이다. 직업을 통해 지역과 사회,
국가에 기여하는 것이다. 이러한 일에는 나와 마주 서 있는
타자에 대한 연민이 스며 있다. 공존의 윤리라고 해도 좋다.
(소방관이었던 아버지를 통해 오랜 시간 절실히 경험했던 것이기도 하다.)

세 번째는 소명이다. 종교 개혁가 장 칼뱅이 '직업 소명설'로, 사회학자 막스 베버가 '신의 부름'으로 적었던 바로 그것이다. 운명으로 불러도 좋다. 이 층위에서는 나와 타자가 하나가 된다. 하는 일, 혹은 해야 하는 일이 자연스럽게 좋아하는 일이 된다. (솔직히 말하자면 직장을 여러 번 옮겼지만 아직 확신의 단계에 이르지는 못했다.)

내가 지금 하는 일이 이 세 가지 층위를 모두 충족한다면 그야말로 축복이다. 하지만 현실은 그렇게 친절하지 않다. 그래서 절충안을 찾게 된다. 세 가지 중 두 개는 맞아야 한다. 밥벌이만 되고, 소명도 없고, 아무에게도 도움이 안 되는 일이라면 너무 오래 버티지 말자. "고생 끝에 낙이 온다"는 말은 낙이 아니라 병을 부른다는 사실을 은근히 숨긴다. 사회적 책임이나 내면의 부름에 호응하는데 밥벌이가 안 된다면, 아주 특별한 경우가 아니라면 이 또한 큰 문제다. 이럴 때는 가정을 꾸리지 않는 게 나을 수도 있다.

직업에 대한 질문은 대체로 정체성의 질문을 동반한다. "너는 도대체 누구이며, 무엇을 하는 사람이냐"는 물음이다. 상대의 직업을 물어볼 때 영어권에서는 "What do you do for a living?"이라고 한다. 하는 일과 존재를 에둘러 묻는 것이다. 프랑스어는 좀 더 철학적(?)이다. "Qu'est-ce que vous faites dans la vie?". 직역하면 "당신은 인생에서 무슨 일을 하고 있습니까?"가 되는데, 대놓고 존재의 양식을 묻는다고나 할까.

레바논 출신 시인 칼릴 지브란은《예언자》에서 말했다.

"일은 사랑이 보이는 모습이다. 만약 당신이 사랑 없이 일한다면, 당신의 일은 당신의 마음을 짓밟고 슬픔을 불러올 뿐이다."

직업에는 타자를 위한, 소명을 위한 사랑이라는 마음이 꼭 필요하다.

시인 라이너 마리아 릴케 또한 이를 시로 풀어냈다. 《기도시집》의 한 구절이다.

"내게 하찮은 것이란 없으며,
그것을 나는 사랑하여
황금빛 바탕에 크게 그려
높이 쳐듭니다,
허나 그것이 누구의 영혼을 자유롭게 할지
나는 알지 못합니다……"

겉으로 보기엔 화려한 일이라도 내면이 닿지 않으면 버티기 어렵고, 반대로 평범하거나 소박한 일이라도 마음에

닿는다면 오래 갈 수 있다. 직업은 월급이 아니라 삶의 언어다. 내가 어떤 일을 하며, 그 일에 어떤 태도로 임하며, 누구와 어떤 관계를 맺어가는지 써 내려간다.

매일매일, 단 한 줄일지라도.

진짜   보스의   그릇

예전에는 1년에 한 번 평가받으면 됐다. 늦가을, 그즈음에만 몸조심하면 됐다. 하지만 요즘은 상시 평가가 대세다. 봄날에도 벚꽃잎 떨어지듯 사라질 수 있다. 평가받는 입장에서는 평가하는 사람이 잘못됐다고 보기 쉽다. 사실이 그럴 수도 있다. 보이는 것과 실제가 다른 경우도 많다. 특히 리더십 영역에서 그렇다.

임원 시절이다. 사장은 회의를 참 좋아했다. 어지간한 일이 생기면 일단 모였다. 평일 저녁, 휴일도 예외가 아니었다. 다만 회의는 길지 않았다. 절반 이상이 상황 '설명'이었고, 나머지는 돌아가며 한마디씩 하면 됐다. 다음 날 아침, 회장이 출근하면 대면 보고를 드렸다. 일이 발생했고, 휴일인데도 많은 사람이 모여 회의했다. 그러고 난 뒤 "어찌하오리까"라고 물었다. 사장은 문제를 공유하고 독단을 피하며, 참여형 리더십을 실천하는 사람이라는 평을 들었다.

리더십은 유행보다 더 빠르게 옷을 갈아입는다. 카리스마형, 서번트형, 동료형까지 스펙트럼이 넓다. 매뉴얼도 넘친다. 말을 줄이고 경청하라, 지시 대신 질문하라, 공감하라,

강요하지 마라 등등.

요즘엔 특히 "나를 따르라"보다는 "함께"가 더 각광받는다. 권력과 권위의 부작용을 경험한 뒤 생긴 자연스러운 저항이다. 보스와 리더를 구분하는 방식도 자주 등장한다. 예전엔 사실상 같은 말처럼 쓰였지만, 이제는 전혀 다른 존재로 본다. 보스는 피해야 할 옛 유형, 리더는 지향해야 할 새 모델이다.

하지만 그런 구분은 무의미하다. 조직이 진짜 원하는 건, 혹은 조직에 필요한 건 '좋은 사람'이 아니라 '결정하는 사람'이다. 조직은 방향을 원하는 사람들의 집합이다. 그런 만큼 누군가는 길을 정하고, 그에 대한 책임을 질 수밖에 없다. 그 누군가가 제대로 된 리더, 진짜 보스다.

멜 깁슨이 주연을 맡았던 전쟁영화 〈위 워 솔저스〉를 보자. 주인공 무어 중령은 전장으로 이동하기에 앞서 병사들에게 말한다.

"여러분들 모두를 무사히 귀환시키겠다는 약속은 할 수 없다. 그러나 여러분과 전능하신 하느님 앞에 이것만은 맹세한다. 전투에 투입될 때 내가 가장 먼저 전장에 발을 디딜 것이고 전장을 떠날 땐 내가 가장 늦게 나올 것이며, 누구도 남겨두고 오지 않을 것이다. 전사했든 생존했든 우리는 모두 다 함께 고국으로 돌아올 것이다."

먼저 탈출할 사람을 고르기 위해 회의를 열지는 않는다. 결정은 무어 중령, 보스가 하는 거다.

리더십 논의에서 보스가 구닥다리로 물러나면서 함께 사라진 것이 있다. 책임이다. 책임이란 타인을 앞세우지 않고 자신의 이름으로 결단을 내리는 것, 일이 잘못됐을 때 "내가 그랬다"고 말하는 능력이다.

고전도 이를 기억한다. 호메로스의 《오디세이아》에서 주인공 오디세우스는 전쟁이 끝난 뒤에도 전우들을 데려가기 위해 온갖 고난을 감수한다. 부하들이 사슴을 굽는 동안 그는 홀로 포세이돈의 분노를 견디고 다시 노를 저어 돌아온다. 자신이 택한 항해의 끝을 스스로 지켜냈고, 그 길 위에서 보스 오디세우스는 신화가 된다. 지금은 책임지는 사람이 드물다. 아무도 책임지지 않으니, 전혀 상관없는 사람에게 책임을 묻는다. 간혹 연대책임을 들먹이지만, 모두의 책임은 그 누구의 책임도 아니다. 불확실성이 일상이 된 요즘 시대에 필요한 건, 관리형 리더가 아니라 결단하고 책임지는 보스라고 나는 생각한다. 무어 중령, 오디세우스 같은 사람들 말이다.

회의에서 말을 아끼고, 눈을 맞추고, 피드백을 주는 사람이라면 좋은 매니저일 수는 있다. 그러나 결정적인 순간에 조직을 지켜줄 사람은 아닐 수 있다. 회의 자체를 대책으로 삼는 사람, 전쟁터에서도 인과관계나 효율성을 따지는 사람, 그들

역시 아니다.[*]

"내가 결정했다." 혹은 "모든 책임은 내가 진다."

이는 권위주의가 아니다. 책임 있는 권위, 자발적 희생, 그리고 자기 앞의 사람을 지키려는 태도다.

오늘날 많은 조직이 위기를 겪는 이유는 유능한 사람이 부족해서가 아니라 진짜 보스가 없어서다. 기왕 리더가 되고자 한다면 능력과 함께 책임감을 훈련하는 게 좋다. 당장의 인사평가 결과에 겁먹거나 주눅 들지 말고, 내 일과 책임부터 살펴보시라.

다행히 책임감은 훈련으로도 키울 수 있다.

부디 진짜 보스가 되겠다는 결심과 함께, 진짜 보스의 그릇을 키워가기를. (최소한 그런 선배, 그런 상사의 곁에 서기를.)

---

[*] 좋은 지도자를 구별하는 쉬운 방법 하나는 회의 시간 중의 '발언 점유율'을 따져보는 것이다. 권력 관계상 지도자는 점유율을 조절할 힘을 부여받는다. 50퍼센트를 넘으면 어지간해서는 좋은 지도자가 못 된다. 다만 좋은 선생님은 될 수도 있겠다.

지켜야 할 것은

입장이 아니라
진심입니다

일관성은 흔히 미덕으로 여겨진다. 말과 행동, 신념과
태도가 일치하는 사람은 신뢰를 얻는다. 흔들림 없는 철학은
자신에게는 삶의 뼈대가 되고, 타인에게는 믿음직한 기준이
된다. 그러나 언제나 그런 것은 아니다. 일관성이 오히려 다시
생각할 기회를 제한하는 도구로 악용될 때가 있다. 변화한
상황을 무시한 채 과거의 판단을 고수하는 태도는 결국
사고를 멈추게 하는 오만으로 이어진다. 사장으로 일할 때,
임직원들에게 이런 말을 자주 들었다.

"예전에도 살펴봤는데, (이런저런 이유로) 안 하기로 한
겁니다."

그럴 땐 이렇게 되묻곤 했다. "오늘 다시 검토해봤습니까?"
방점을 '오늘'에 찍었다.

사람들은 변화를 좀처럼 인정하지 않는다. 예전 판단을
신앙처럼 붙든다. 하지만 '예전'이라는 말은 종종 시간이라는
안개 뒤에 숨어, 현재의 판단을 피하려는 방어막이 된다.
우리는 그 방어막 뒤에서 현재의 점검 없이 과거의 결정을

무의식적으로 반복한다. 습관이 된 일관성은 변화한 현실을 외면하는 눈가리개에 불과하다.

레프 톨스토이의 대하소설《전쟁과 평화》에는 쿠투조프 장군의 일화가 등장한다.

1812년, 나폴레옹이 이끄는 프랑스군이 러시아를 침공했을 때다. 모스크바를 지킬 것인가, 철수할 것인가를 두고 지휘부는 크게 갈렸다. 쿠투조프는 철수를 택한다. 그러자 누군가 항의한다.

"어제는 방어하겠다고 하지 않으셨습니까?"

그는 담담히 대답한다. "결정이 언제 내려졌는지 나도 모르겠소. 어제였던가, 오늘 아침이었던가…… 중요한 건 지금의 판단이오."

그는 어제의 약속보다 오늘의 판단을 택했다. 그 결정 덕분에 전쟁에서 승리했고, 땅과 사람 모두를 살려냈다. 그날의 판단은 그날의 맥락에서 나온 것이다.

케인스 경제학의 창시자 존 메이너드 케인스의 일화는 경제정책에 있어 전가의 보도란 존재하지 않음을 보여준다. 그는 자신의 입장을 고수하는 상대에게 팩트를 들이대며 "상황이 바뀌면 생각이 바뀐다, 이제 당신은 무엇을 할 것인가"라고 받아쳤다.

진리는 고정된 형체로 존재하지 않는다.

진리는 흘러가고, 다듬어지고, 수정되는 과정이다. 그 과정을 종종 불필요하게 멈추게 만드는 것이 습관이 된 일관성, 곧 일관성의 함정이다.

동서고금의 현인들은 "내 생각은 언제든 틀릴 수 있다"고 설파했다. 스웨덴의 승려 작가 비욘 나티코 린데블라드 또한 저서 《내가 틀릴 수도 있습니다》에서 고백했다. 이렇게 해야 한다는 생각은 늘 자신을 작고 어리석고 외롭게 만들었다고. 이런 겸허한 태도는 흔들려서가 아니다. 오히려 단단해서다. 깊은 사유 끝에 도달한 자신감이다. 생각을 바꾸는 데 주저하지 않는 사람은 그만큼 무겁게 생각해본 사람이다.

물론 조심해야 할 점도 있다. 모든 말바꿈이 좋을 수는 없다. 정당화될 수도 없다. 변덕이거나 회피, 혹은 배신일 가능성도 얼마든지 있다.

하지만 이것 하나는 기억하자. 진정한 변화는 반드시 과정을 수반한다. 정당한 의심, 충분한 재검토, 명확한 설명과 책임이 따를 때 그것은 변덕이 아니라 성찰의 결과이며 배신이 아니라 신뢰를 배가하는 행위이다. 그러므로 중요한 문제일수록 더 자주 다시 들여다보고, 더 자주 물어야 한다. 지켜야 할 것은 입장이 아니라 진심이다. 반복해야 할 것은 결론이 아니라 과정이다. 상황이 바뀌었다면 그에 맞춰 질문도 갱신되어야 한다. 생각을 멈추지 않고, 늘 다시 살펴보는 태도, 그것이

일관성보다 우선해야 할 자세다.

결론을 대신해 이 글을 질문 하나로 압축한다.
"오늘 다시 검토해봤습니까?"

모닝 커피가

당신을

배신할 때

모닝 커피가

당신을

배신할 때

가끔은 과거의 결정을 곱씹는다. 예컨대 "이건 좀 아닌 것 같네"라며 반려했던 제안서나, "이 사람은 우리 회사와 안 맞는 것 같은데"라고 밀어뒀던 이력서 같은 것들이다. 며칠 뒤 다시 보면 "내가 왜 이걸 못 봤지?" 하며 머리를 긁적일 때가 있다. 그 사이 문서가 달라진 것도, 내가 철학자가 된 것도 아니다. 바뀐 건 내 기분, 수면의 질, 아침에 마신 커피 한 잔, 혹은 공복혈당 수치다. (의학계는 혈당과 판단의 상관관계를 충분히 연구해야 한다고 생각한다.)

우리는 대체로 합리적이고 일관된 존재라고 착각한다. 어제의 나와 오늘의 나가 크게 다르지 않다고.

그런데 노벨 경제학상 수상자 대니얼 카너먼은 《노이즈》에서 그 믿음을 깬다. 오류에도 계급이 있다. 편향Bias은 과녁 한쪽에 몰려 박히는 총알처럼 예측 가능한 오류다. 반면 소음Noise은 총알이 이리저리 흩어져버리는 무작위적 변동성이다. 편향은 적어도 패턴이 있다. 소음은 패턴조차 없다. 그래서 더 치명적이다. 같은 문서를 두고도 어제의 나는 반대, 오늘의 나는 찬성을 외친다. 어제의 판사는 아침을 건너뛴 엄벌주의자, 오늘의 판사는 점심 배불리 먹고 난 뒤라 온정주의자가 된다. (범죄자에게는 판사의 식사 시간이 최대 변수라는 연구도 있다. 세상은 생각보다 밥심으로 굴러가는 것인가.)

알베르 카뮈의 《전락》은 이 문제를 도덕적 차원에서 드러낸다. 주인공 클라망스는 정의로운 변호사로 칭송받았다. 그는 스스로의 판단이 공정하다고 믿었다. 그러나 어느 날, 강에 몸을 던지는 여성을 목격하고도 그는 아무 행동도 하지 않는다. 이 작은 침묵이 그의 세계를 뒤흔든다. 그는 결국 자신이 위선자였음을 고백하고, 끝내 무너진다.

사실 우리도 매일 그 침묵을 반복한다. 다만 기록되지 않을 뿐이다. 클라망스의 추락은 인간이 피할 수 없는 거대한 편향의 드라마다. 자신이 옳다는 착각, 그 무지가 만든 오만. 그러나 설사 그가 고백했다고 해도, 그의 판단은 여전히 날씨와 기분에 흔들렸을 것이다. 편향은 고백으로 드러낼 수 있지만, 소음은 오늘도 내일도 계속된다.

여기에 다른 이야기를 보태보자. 현실적인 이야기다. 하버드 협상 프로젝트의 로저 피셔와 협상학의 대가 하워드 라이파는 협상의 환경을 어떻게 세팅하느냐가 결과를 바꾼다고 했다. 협상은 논리와 의지의 힘겨루기 같아 보이지만, 실제로는 테이블을 어떻게 차리느냐의 문제다. 와인잔이 올라간 자리에서 오가는 말과, 종이컵 커피가 놓인 자리에서 튀어나오는 말은 전혀 다르다. 같은 사람들이 같은 문제를 두고도, 어제는 평행선, 오늘은 극적인 타결. 그 차이는 대개 테이블이 만든다. (은행원 시절, 선배로부터 폭우가 쏟아지는 날에도 굳이 고객을 찾아가야 하는 이유가 있다고 배웠다. 날씨가 전부라는 말까지 들었다.)

이 대목이 카너먼의 소음 개념과 기묘하게 포개진다. 협상도 결국 소음의 바다 위에서 출렁인다. 판사가 점심 메뉴에 흔들리듯, 협상가는 조명, 의자 배치, 심지어 첫 발언자의 목소리 톤에 흔들린다. 그러니 협상이란 이성의 게임이 아니라, 소음을 줄이고 환경을 조율하는 무대 연출에 가깝다.

현대인의 전략은 한 번의 위선적 침묵으로 끝나지 않는다. 오히려 일상의 무수한 소음이 쌓여 이루어진다. 채용 면접, 인사 평가, 신제품 출시, 법정 판결까지. 우리는 모두 '명확한 기준'이 있다고 믿지만, 사실은 직전의 커피 한 잔, 회의실 온도, 심지어 전날 야구 경기 결과에 영향받는다. 우리의 삶은 끊임없이 흔들리는 배 위에서 키를 잡는 항해다.

이 모든 이야기는 결국 하나의 질문으로 수렴한다.

"우리는 왜 늘 우리의 판단이 옳다고 확신하는가?"

그 답은, 완벽한 판단은 없다는 거다. 소음이 존재한다는 사실을 인정하는 순간, 조금 더 겸손해진다. 그 겸손이야말로 더 나은 판단의 출발점일 것이다.

그러니 다시 물을 수밖에 없다. 그때 내린 당신의 결정은 정말로 옳았는가. 아니면 단지 운이 좋았던 것인가. 그 판단은 편향이었는가, 소음이었는가. 혹은 애초에 테이블이 잘못 차려져 있었던 것은 아닌가.

아니. 더 근본적으로 보면, 그 자리에 앉을 필요조차 없었던 것은 아닌가.

삶에도

넘지 말아야 할

　　　　　　　　　　　선이 있다

경기도 파주 비무장지대에 있는 갤러리 그리브스에 들렀다.
입구에 있는 세 개의 선에 대한 설명이 인상적이었다. 지키기
위해 넘을 수 없는, 넘어야 하는 선들. 생각은 늦가을 풍경처럼
흘러갔다. 삶에도 선들이 있다. 일상은 전쟁이니까. 어렵지 않게
세 개를 골라냈다.

첫 번째 선은 돈에 대한 것이다. 첫 직장이었던 은행에서
배운 것인데, '기한이익상실'이라는 용어가 있다. 이자를 제때
못 내면 원금까지 회수당한다, 일부라도 약속을 지키지 못하면
전부가 깨진다. 돈거래를 하면 날짜는 반드시 지켰다. 못하면
못한다고 반드시 미리 알리고 이해를 구했다. 세금은 아무리
억울해도 납기일을 넘기지 않았다. 벤처 사업이 망했을 때도
딸아이 돌반지를 팔지언정 연체는 피했다.

이미 오래전 독일의 철학자이자 사회학자 게오르그 짐멜이
《돈이란 무엇인가》에서 그랬다. 돈 계산이 생활 영역 속에
침투함으로써 훨씬 더 큰 정확성과 경계성이 심화하지 않을 수
없었다고.

두 번째 선은 일에 대한 것, 특히 데드라인에 대한 것이다.

두 번째 직장이었던 신문사에서 몸빵으로 배운 것이다.
데드라인을 어기면 신뢰는 깨진다.

미국의 경영 컨설턴트 짐 콜린스와 빌 레지어는 《좋은
리더를 넘어 위대한 리더로》에 신뢰가 붕괴하는 두 가지 상황을
적어뒀다. 하나는 그 사람의 역량에 대한 믿음을 잃는 경우다.
능력이 부족해 약속을 지키지 못한 것이다. 다른 하나는 그
사람의 인성에 대한 믿음을 잃는 경우다. 쉽게 말해 거짓말을
한 것이다. 무능한 사람은 유능해지도록 도울 수도 있다. 하지만
데드라인을 의도적이고 반복적으로 어기는 사람과는 관계를
이어갈 수 없다. 회사 임원이나 사장으로 직원들을 평가할
때도 완성도보다 데드라인을 먼저 고려했다. 세 번 어기면
(마음속에서) 아웃시켰다. 데드라인은 고통이다. 프랑스 작가 장
그르니에는 《어느 개의 죽음》에서 "자연이 악착같이 괴롭혀도,
주인이 버려도, 동족들이 공격해도" 개는 지킨다고 했다. 하지만
인간은 너무도 자주, 쉽게 버린다. 인간은 개와 달리 고통이
과하면 포기한다.

세 번째 선은 배움에 대한 것이다. 때늦은 학교생활에서
새삼 깨달았다, 배움에는 정해진 선이 없다는 것을. 왼쪽도
오른쪽도 없고, 먼저도 나중도 없다. 기억나지 않으면 몇 번이고
다시 읽으면 된다. 스스로 한계를 짓지 말라. 그런 분도 있었다.
백곡 김득신*이었나. 같은 책을 천 번, 만 번 읽고 쉰아홉에

문과에 급제했다던 그분 말이다. 배움에 관해서는 애초부터
느슨하게 세팅하면 여유가 더 생긴다. 이자켓의 시집《거침없이
내성적인》의 뒤표지엔 '구성품: a, b, 레버'란 글이 붙어 있는데,
맨 마지막 구절이 내 머릿속에 콕 박혔다.

　　"연결 후, 흔들리도록 느슨하게 풀어두십시오."

　　세 개의 선은 어쩌면 자동차 도로의 차선과도 같다.
넘어서는 안 되는 것도, 넘나들어야 하는 것도 있다. 헛갈리면
대형 사고다. 기한이익이나 데드라인을 무시하는 사람과는
거리를 두어라. 한두 번은 봐줄 수 있어도, 세 번을 반복하면
뒤돌아보지 말고 떠나라. 배우는 일에 있어서는 나이나
노안을 탓하지 말라. 잘 안 보이면 많이 들으면 되고, 잘 안
들리면 머릿속으로 그려보면 된다.《픽션들》,《알레프》를 쓴
현대문학의 거장 호르헤 루이스 보르헤스는 시력을 잃고서도
듣고 생각하고 기억했다. 그렇게 상상력을 펼쳤고, 끊임없이
작품을 빚어냈다.

*　　조선 중기의 문인. 어린 시절 천연두를 앓은 후 지적 발달이 늦었다. 특히 암기와 이해에
　　매우 곤란을 겪었고, 남들보다 수십 배 더디게 배웠다. 쉼 없이 공부했다.《노자열전》을 2만
　　번,《백이열전》을 11만 3천 번 읽었다. 그의 아버지는 아들을 교육할 때 절대 화내지 않고
　　기다렸고, 육십까지 과거를 볼 수 있다고 독려했다.

전시관을 돌아 나오는데 서쪽 하늘에 석양이 걸려 있다.
마윤지의 시 〈해안순환버스〉의 마지막 구절이 떠올랐다.

"노을이 너무 아름다워요

다음엔 하루 묵고 가세요"

이렇게 좋을 줄 알았으면 어제 올 걸 그랬다.

아무 일이 없어야

시작되는 일

고양이 집사는 집에서 작업하기 어렵다. 키보드는 냥냥이들의 스크래쳐다. 그 위에 일단 눌러앉으면 좀처럼 자리를 비워주지 않는다. 시간이 흐르면 액체처럼 흐물흐물해져 글자판 사이로 스며들 것 같다. 노트북 발열이 심한 날에는 더하다. 우리 집 막내 고양이 꼼은 특수문자 입력을 잘한다. 느낌표와 퍼센트를 자주 찍고, 단축키를 눌러 맞춤법 검사기를 호출한다. 책상 위 책들을 뻔뻔하게 밀어내고 바닥에 툭툭 떨군다. 일의 흐름이 뚝뚝 끊긴다. 여기까지 쓰는 데 몇 시간이 걸렸다. 아무래도 작업을 멈추고 좀 놀아줘야 할 모양이다.

그런 날이 있다. 아무 일도 일어나지 않은 날. 전화받을 일도 없고, 급히 쫓아가야 할 회의도 없다. 누군가에게 할 말도, 누군가에게서 들을 말도 없다. 그렇게 한나절을 보내면 편한 게 아니라 오히려 불편해진다. 이쯤에서 '무료'라는 단어를 꺼내본다. 표준국어대사전은 "흥미 있는 일이 없어 심심하고 지루함"이라고 풀이한다. 무료함은 능동의 감정이 아니다. 어쩌다 보니 밖에서는 아무 일도 일어나지 않았고, 그 틈에

안으로 다른 감정이 스며들어 왔다. 흥미 없음은 선택의 결과가 아니라 방치의 결과다. 딱히 하고 싶은 것도 없고, 하게 되는 일도 없다. 그러다 보면 사람은 무거워진다, 축 늘어진다.

아주 쉽게 그리고 가볍게.

요즘에는 멍때림을 인정하지만, 자고로 무료함은 죄악으로 분류됐다. 중세 시대 또한 그랬다. 중세의 수도사들은 한낮의 정적을 조심스러워했다. 태양이 중천에 걸려 있는 그 시간, 야릇한 나른함이 스며들었다. 육체의 피로가 아닌 영혼의 나른함이었다. 그들은 기도도 하지 않고 일어나지도 않고, 무엇을 해야 하는지도 모르는 상태에 빠졌다. 마침내 구원을 기다리는 마음도 무너졌다. 그들은 그것이 '정오의 악마' 때문이라고 믿었다.

나도 한때 무료함이 싫었다. 방전된 로봇청소기처럼 꼼짝없이 정지된 상태가 답답했다. 답답함은 초조함으로, 초조함은 조바심으로 악화하곤 했다. 그런데 언젠가부터 달라졌다. 달라지기로 했다. 10년간 다니던 직장을 그만두고 몇 달 쉬던 그때쯤이었을 거다. 아침에는 담장 밖으로 떨어진 낙엽을 쓸고, 점심에는 책을 읽다가 졸고, 저녁 무렵엔 산책했다. 저녁 후엔 스마트폰 게임을 하다가 지치면 다시 책을 들었다. 잠이 오면 잤다. 정작 나는 불편한 게 아무것도 없었는데, 사람들은 그렇지 않게 보았다는 게 문제이긴 했다.

무료함이 충전의 시간, 재생의 기회가 될 수 있음을, 혹은
재생의 기회로 바뀔 수 있음을 믿게 됐다. 무료함 속에서 내가
숙성될 수 있음을 믿게 됐다. 이제는 무료함을 마주 볼 수 있다.
예컨대 이런 식이다. 불쑥 떠오르는 생각이 있다. 오래 미뤄둔
책을 펼치고 손에 쥔 펜으로 한 줄 적는다. 그 한 줄이 문장이
되고, 질문이 되고, 방향이 된다. 재미는 늘 그렇게 온다. 정문이
아니라 뒷문으로, 느릿하게. 미국 소설가 커트 보니것은《나라
없는 사람》에서 우리는 지구에 그냥 빈둥거리기^{fart around}* 위해서
왔다, 누군가 다른 이유를 대면 무시하라고 적었다. 아마도
지금의 나와 같은 생각일 것이다.

꿈이 다시 키보드 위로 올라왔다. 이번엔 괄호를 친다.
( ).
가운데가 비워진 기호.
무료함은 어쩌면 괄호와 같다. 그저 빈 것처럼 보이지만,
잘 들여다보면 무엇이든 담을 수 있는 공간이다. 어떤 기억이든,
감정이든, 사소한 기쁨이든 슬픔이든 담을 수 있다. 무료함이
찾아와도 서두르지 않는다. 그 감정의 틈을 너무 빨리 메우려
하지 않기로 한다. 때로는 아무 일도 일어나지 않아야 시작되는

---

* 직역하면 '방귀를 뿡뿡 뀌며 돌아다니다'가 되겠다.

일이 있다. 그런 일 아니더라도, 아무 일도 일어나지 않았던
그날에도.

생각은

조금도

해롭지 않다

K군에게,

　첫 직장은 어떤가요? 구별 짓기가 조직의 속성인지라 K군의 다른 경력이 부담될 수도 있겠다 싶어 조금 걱정됩니다.

　오늘은 독서에 대해 전하고자 합니다. 특히 여전히 '만짐의 매력'이 있는 종이책 읽기에 대한 겁니다. 직장 생활에도 도움이 될 겁니다.

　소설을 읽는 게 미안하던 시절이 있었습니다. 고등학교 때부터 그랬던 것 같습니다. 노는 것 같다는 느낌, 학업이나 일과는 거리가 멀다는 판단, 그런 이유였을 겁니다. 마흔 살 넘어 다시 읽기 시작했습니다. 에밀리 브론테의《폭풍의 언덕》이었던 것으로 기억합니다. 아주 드라이하게 줄거리를 따라가다가 방언 터지듯 눈물이 터졌습니다. 말하지 못한 사랑, 비뚤어진 운명에 대한 생각들이 머리와 가슴을 헤집고 지나갔습니다.* 그 사건 이후 시간을 '만들어' 읽었습니다. 정극인의 〈상춘곡〉 한 구절처럼 꽃나무 가지 꺾어 술잔을 헤아리듯, 읽은 책에 번호를 붙여 기록했습니다. 천 권이 넘으면 나의 글을 쓸 수도 있겠다 싶었습니다.

책값이 비싸다고는 하지만 생각하기 나름입니다. 한 끼 안 먹으면 시집 한 권은 살 수 있습니다. 간헐적 단식을 한다고 치면 한 달에 대여섯 권도 가능할 겁니다.

체코 작가 보후밀 흐라발의 소설《너무 시끄러운 고독》의 주인공은 집이라는 공간을 책에 양보합니다. 그래도 책을 읽는 시간 동안에는 "사상이 내 안에 알코올처럼 녹아들"고 "문장은 천천히 스며들어 나의 뇌와 심장을 적"십니다.

한동안 닥치는 대로 읽었습니다. 그러다 규칙을 정했습니다. 세 권에 한 권은 소설을 읽는다. 그중 절반은 고전으로 한다. 고전은 이탈로 칼비노가 지적한 것처럼 사람들이 보통 '다시' 읽고 있다고 말하지, '처음' 읽고 있다고는 결코 이야기하지 않는다지만 나이 들어 처음 읽으면 뭐 어떻습니까. 프랑스 사상가 모리스 블랑쇼가《문학의 공간》에 적었듯 독서는 자유입니다. 맞이하고, 동의하고, 그렇다Oui고 말하는 자유 말입니다. 여러 책을 동시에 읽는 경우가 많습니다. 아침에는 역사서, 점심때는 경제경영서, 저녁엔 소설, 자기 전엔

---

*   《폭풍의 언덕》이 아니라 다른 책이었다면 어땠을까. 비슷한 감정의 조용한 격동을 불러온 책들로 가즈오 이시구로의《남아 있는 나날》, 이디스 워튼의《순수의 시대》, 존 윌리엄스의 《스토너》 등이 있다. 근데 왜 하필 그때, 그 책이었을까.

시집, 이런 식입니다. 기억나지 않을 때도 많습니다. 내용은 말할 것도 없고 읽었는지 아닌지조차도 그렇습니다.

마침 진은영 시인이 《나는 세계와 맞지 않지만》에 적어뒀더군요.

"어느 날은 책장에서 언젠가 꼭 읽어야지 하고 마음먹었던 책을 문득 꺼내 펼쳐보고는 내가 좋아하는 펜으로 내가 좋아할 법한 문장에 밑줄이 쳐진 걸 보고 놀랄 때도 있다. 이 책을 언제 읽었더라?"

예전에는 기억력을 탓했는데, 요즘에는 그냥 다시 읽습니다. 종종 예전 밑줄과는 다른 곳에 줄을 긋습니다. 기억력이라는 게 나이와 함께 약해지는 것이므로, 저항하기보다는 천천히 수용하는 것이 낫겠다 싶습니다. 노안이라는 것도 작은 티를 보지 말고 큰 아름다움을 보라는 뜻 아니겠습니까.

언젠가 정재승 KAIST 교수에게 물어봤습니다. 고스톱이 치매 예방에 좋은가.* 그러자 정재승 교수가 답했습니다. 그럴 리가 있겠나, 고스톱 잘 치는 치매 노인이 될 수는 있겠다. 저는 교수의 말을 듣고 이런 생각이 들었습니다. 고스톱 잘 치는 치매 늙은이보다는 읽은 책 또 읽는 치매 늙은이가 낫겠다.

이수명의 시 〈날마다 더 멀리〉는 이렇게 끝납니다.

"희망에 대해서 희망의 세월에 대해서 우리는 보잘것없는 약속을 지킨다. 생각은 조금도 해롭지 않다."

올겨울도 예년만큼 추울 거라고 하던데요, 추운 건 공기의 온도일 뿐입니다. 생각의 온도는 만짐의 기억을 더해 따뜻해질 수 있을 겁니다.

K군의 이번 겨울이 더욱 따뜻하기를 바랍니다.

---

* 노화에 따른 인지기능의 변화에 대한 연구는 미국 워싱턴대학교의 '시애틀 종단연구'가 대표적이다. 1956년에 시작해 반세기가 넘게 이어졌다. 인지기능은 삼사십대에 최고에 이르고 나이 들면서 서서히 떨어진다. 인지지각 속도는 스물다섯에 정점이었다가 이후 계속 하락한다. 숫자 계산 능력은 육십대부터 크게 떨어진다. 고스톱은, 배우고 익힐 땐 뇌세포가 늘어날 수도 있지만 이후 기계적 반응에 머물게 되면서 뇌에 자극이 되지 못한다. 오히려 오래 앉아있게 되면서 다른 부작용이 생길 수 있다는 게 현재까지의 정설이다.

4부 * 곁에 누군가

혼자가 아닌 삶을
선택한 사람에게

양말 한 짝에 담긴 아주 보통의 삶

이런. 까만 양말이 한 짝밖에 없다. 정장에는 깔맞춤이
중요한데, 낭패다. 어쩔 수 없이 어제 신었던 양말을 빨래통에서
꺼냈다. (그저께 신었던 것보다는 나을 것이다.) 다시 잠시 고민에
빠졌다. 깨끗한 한 짝이라도 신을까, 아니면 둘 다 어제 양말을
신을까. 아내에게 물어볼까 하다가 관뒀다. 결국 혼자 결정했다.
어느 쪽도 차별할 수 없다.

한 연구에 따르면 현대인은 하루에 약 3만 5천 번의 결정을
한다. 어마어마한 숫자다.

찝찝한 기분이 발끝에서 올라온다. 양말이 마치 두꺼운
종이 같다. 어제 날씨가 선선했음에도 땀이 제법 났던
모양이다. 어머니는 발에 땀이 날 때가 좋은 때라고 하셨다.
아리스토텔레스는 인간은 자기가 가장 자주 반복하는 것의
합이라고 했다. 두 분의 말씀을 더하면, 발에 자주 흐르는
땀이 곧 나라고 할 수 있겠다. 그것도 좋은 때의. 어머니와
아리스토텔레스, 이 정도 권위라면 어디에 내놔도 거칠 것이
없겠다. 신통하게도 어제 신어서 뻣뻣했던 양말은 오늘의
땀으로 금세 부드러워졌다. 역시 어머니와 선현의 말씀은

틀리지 않는다. 나는 그렇게 어제 양말을 다시 신었다. 오늘은 어제와 다른데, 양말은 그대로다.

그런대로 괜찮다. 나쁘지 않다.

혹 누군가 "어디서 발냄새가 나는 것 같다"고 한다면 어쩐다? 그때도 어머니와 아리스토텔레스를 소환하며 자수해야 할까. 아니다. 이번엔 다른 권위를 빌려보기로 한다. 먼저 프루스트 현상이라는 것이 있다. 후각적인 자극으로 과거의 기억을 재생해내는 효과를 뜻한다. 마르셀 프루스트의 소설 《잃어버린 시간을 찾아서》에 등장했던 홍차를 적신 마들렌 케이크 냄새에서 비롯된 이름이다. 이런 것도 있다. 인간의 코는 최소 1천 개의 서로 다른 후각 수용체를 갖고 있고, 덕분에 1만 가지의 냄새를 구별하고 기억할 수 있다고 한다. 견공만이 개코인 줄 알지만 사람 역시 후각의 동물이다. 매일 생성되는 모든 감정의 75퍼센트 정도는 냄새 때문이다.

이 둘을 근거로, 나의 발냄새는 당신의 잃어버린 감각을 일깨운 것이라고, 좋은 일이라고 우겨보기로 한다. 마음이 더 편안해졌다.

사실 양말은 무심하다. 구겨지고, 벗겨지고, 버려지고, 어느 날엔 한 짝이 사라지기도 한다. 세상에서 가장 먼저 없어지는 건 늘 작고 사소한 것들이다. 누군가의 부재도 한 짝 양말과 비슷하지 않을까 하는 데까지 생각이 번진다. 처음엔 '어,

이상하다?' 하다가 어느 순간 무감각해진다. 양말과는 비교할 수 없이 큰 것이겠지만, 사랑도 결국엔 그렇지 않을까 싶다. 잊히고, 떠올랐다가 다시 사라진다. 이쯤에서 중국 신시의 비조로 불리는 후스의 시 〈웃음 한번〉 한 구절을 읽는다.

"10년 하고도 몇 년 전
누군가 내게 던져준 웃음
그때는 무심하게 흘려 버렸지만
지금은 생생히 되살아 오네"

잊음은 잠시 살아나지만, 또다시 사라질 것이다. 기억되는 건, 그때의 사실이 아닐 수도 있다. 그게 보통의 일이다.

나는 어제 양말을 다시 신은 인간이다. 같은 실수를 반복하고, 같은 사람을 떠올리며, 같은 노래를 무심코 다시 트는, 아주 보통의 사람이다. 보통으로 산다는 건 얼룩지고, 삐뚤어지고, 찢어질 위험을 견디는 일을 포함한다. 부끄러움을 견디는 것이 인생이라고 나는 믿는다. 어느 영화에서 보았던 슈퍼빌런은 평생 같은 양말을 두 번 신지 않았다고 했다. 양말을 꿰매 신던 어린 시절의 나는, 그 정도는 돼야 진짜 악당이 될 수 있는 줄 알았다. 엄청난 부자는 양말을 빨지 않는다는 생각과,

악당은 누군가의 따뜻한 보살핌 없이 자랐을 거라는 생각이
동시에 떠올랐다.

퇴근 후 집에 돌아와 사라진 한 짝 양말을 찾아 구석구석
살폈다. 세탁기와 빨래통 사이, 구겨진 채 덜 마른 놈을
발견했다. 세탁조에서 꺼내면서 흘린 모양이다.

정말 다행이다.

하늘엔

천사가   없다

어쩌다 보니 강아지 두 마리와 같이 산다. 하나는 늙은
푸들이고, 다른 하나는 젊은 코카푸(코카스패니얼과 푸들 믹스견)다.
　사람들은 말한다. 세상에 우연은 없다고. 고로 하필
그 강아지들과 함께 사는 것 또한 필연일 수밖에 없겠다.
과학자—《개는 천재다》를 쓴 진화인류학자 브라이언 헤어 미국
듀크대학교 교수—에 따르면 인간이 개를 선택한 것이 아니라,
개가 인간을 선택했다.
　주말에 가장 좋은 시간은 낮잠 잘 때다. 소파에 누우면
한 놈은 머리 위에, 다른 한 놈은 옆구리에 붙어 같이 존다.
껌딱지같이 곁에 늘 붙어 있던 또 다른 한 놈은 몇 년 전
노환으로 죽었다. 그 자리를 차지한 게 장년의 코카푸다.
어릴 때는 안 그랬는데, 코를 아주 심하게 곤다. 고견故犬이 된
그놈도 그랬었다. 잠자리를 잡기 위해 내 배 위를 폴짝 뛰어
지나가는데, 밟고 갈 때도 많다. 노견은 가벼워 괜찮지만,
장년견은 묵직하니 타격감이 있다. 고견은 제일 가벼웠었다.
밥을 먹을 때 장년견은 노견에게 첫술을 양보한다. 노견은
장년견에게 마지막 한입을 남겨 놓는다. 고견은 손(앞발)으로

한술 한술 떼어먹었다. 가끔 장년견이 그 장면을 복기한다. 요즘 개들의 수명이 12~15년쯤이라고 한다. 간혹 스무 해를 사는 친구들도 있다지만, 흔치 않다. 우리 집 고견은 열두 살 생일을 보내고 보름 뒤 떠났다. 수명이 짧으니, 보내는 일—펫 로스Pet Loss라고 부르는—은 반려인의 고된 일이 되었다. 한번 보내면, 가슴에 구멍이 생긴다. 메울 수 있는 건, 다른 반려동물밖에 없다고도 한다.

일상에서 사람들은 좋고 나쁨, 옳고 그름을 따진다. 하지만 진짜와 가짜는 뒤섞여, 어지간해선 구별할 수 없다. 심신에 크고 작은 상처를 남긴다.

미국의 시인 메리 올리버는 시 〈벤저민을 붙들고〉—시집 《개를 위한 노래》에 실렸다—에서 이렇게 노래한다.

"그리고 당신, 마음이 복잡하게 뒤엉킨 당신은
참을성 있고 평화를 사랑하긴 하지만,

틀려.
그리고 당신은 의기소침하지.

맑고 초롱초롱한 눈은 당신이 아닌

개의 눈이지."

마크 트웨인은 소설 〈어떤 개 이야기〉에서 아예 개의 목소리로 이렇게 적었다. 어릴 때 외웠던 국민교육헌장처럼 묵직하게 다가온다.

"우리는 지혜롭고 선한 목적을 위해 이 세상에 보내졌다고 말했다. 불평하지 말고 우리의 의무를 수행하며, 그 목적을 찾는 데 목숨 걸고 덤벼야 하고, 다른 이들에게 최선의 도움을 주도록 살아야 하며, 절대로 그 결과에 대해 신경 쓰지 말아야 한다고 했다."

다음 주말에도 나는 우리 강아지들과 낮잠을 잘 것이다. 일에, 뉴스에, 진짜 가짜에 뒤틀리고 상처 입은 나는 강아지들의 코 고는 소리를 듣기도 전에 잠에 빠질 것이다.

태초에 하늘에 천사가 많이 있었다. 그들은 강아지가 되어 인간 세상에 내려왔다. 하늘에는 천사가 없다.

밤멍

아침냥

우리 집엔 반려동물이 둘 더 있다. 고양이들이다. 하나는 거실의 사자라는 표현에 어울리는 외모를 가진 누렁이고, 다른 하나는 개냥이로 불릴 만한 회색 태비다.

아침은 고양이로부터 시작된다. 침대 옆 커튼 사이로 아침이 스며들면, 소리 없이 내 몸 위에 올라선다. 한 놈이 먼저 30초쯤 가슴과 배를 누른 뒤, ―꾹꾹이라고 불리는 그 행위다― 다른 한 놈과 교대한다. 순서가 바뀌는 일은 거의 없다. 장유유서다. 먼저 작업을 맡은 놈은 일곱 살 장년냥 누렁이고, 후처리 작업은 세 살 청년냥 회색 태비다. 개 둘은 고양이들의 접근에 눈을 감는다. 집사를 깨우는 일은 고양이들에겐 츄르를, 개들에겐 아침밥을 의미하므로. 손 안 대고 코 푸는 '개 이득'임을 아는 듯하다. 아침 의식이 끝나면 개와 고양이 모두 오래도록 잔다. 위치는 서로 다르다. 개들은 주인의 길목에서 기다림의 자세로 존다. 고양이들은 집사들을 피해 가장 햇살 바른 곳을 찾아 깊이 잠든다. 개들은 자연스럽게 가족화의 과정을 거쳤는데, 고양이들에겐 교육이 필요했다. 큰 고양이는 개 셋 있는 집에 넷째로 들어왔었다. 막내 강아지는 또래의 등장을 반겼다. 냄새를 맡고, 꼬리를 흔들었다. 그런데 한 달쯤 지난 뒤부터는 달라졌다. 서로가 다른 존재임을 인식하는 듯했고, 그 후로는 톰과 제리 꼴이다.

고견의 사망 후 막내 냥이를 들였다. 이미 다 큰 개와 고양이들의 세계에 새로 들어온 아기라는 점에서 모두의 귀여움을 받을 만했는데, 정작 다른 냥이의 환영은 받지 못했다. 개 둘이 아기 고양이를 개처럼 키운 것이다. 덕분에 개냥이가 됐다. 부르면 '넹' 하고 온다. 열 번에 대여섯 번쯤 그렇다.

고양이는 개와 많이 다르다. 개들이 천사라면, 고양이는 악마다. 개들과의 관계가 충성 기반이라면, 고양이들과의 관계는 편의 기반이다. 사람은 그들의 주인이 아니라 집사다. 사람은 자발적으로 고양이의 편의에 자신의 불편을 바친다.

《거실의 사자》를 쓴 애비게일 터커는 고양이는 아무것도 하지 않는데, 그런 고양이를 인간이 스스로 섬기게 된 것은 불가사의라 했다. 중국의 서평가 장 샤오위안은 《고양이의 서재》에서 어릴 때 자신의 꿈은 책 사이를 자유롭게 오가는 고양이가 되는 것이라고도 했다. 머지않아 이들과 살지 못할 때가 올 것이다. 떠나기 전, 서로가 서로에게 고마웠다는 인사를 전할 것이다. 떠난 뒤에도 햇볕이 사선으로 내리는 오후에는, 그들이 있던 자리를 찾아 나는 내게 햇살을 처방할 것이다.

따뜻함 속에서 함께 했던 기억을 되살릴 것이다.

그때까지라도 듬뿍 사랑해야겠다. 한쪽이 좀 더 양보하는 게, 아무 이유 없이 먼저 사랑하는 게 대수인가.

밤멍 아침냥, 요즘 나의 하루는 그렇게 흘러간다.

미지근하게,

오래 오래

고등학교 2학년 때, 키는 175센티미터 몸무게는
60킬로그램이었다. 허리둘레는 30인치가 안 됐다. 이후 15년을
거의 그 몸으로 살았다. 코가 높고 눈이 깊어 보였고, 턱선은
날렵했다. 공군 중위 시절, 군복을 입으면 꽤 민첩해 보였다.
프랑스 작가 로맹 가리가 쓴 《레이디 L》의 한 장면이 떠오른다.
소설의 주인공은 이미 늙어버린 여인의 두툼한 얼굴을
들여다보다가, 그 속에서 젊은 시절의 턱과 광대뼈를 찾아낸다.
세월은 살 속에 젊음을 묻어둔다.

결혼 후부터 몸이 불었다. 매년 1킬로그램씩 몸무게가
불었고, 0.5인치씩 허리둘레가 늘었다. 80킬로그램과 34인치를
넘어서면서부터 이런저런 병이 생겼다. 만성적인 고혈압과
고지혈증, 간헐적으로 발현하는 족저근막염 같은 것들이다.

식구를 먹여 살려야 한다는 강박에서 비롯되었으나 결국
자신이 가장 많이 먹었던 탓에 생긴 '가정 재해'였다.

회식은 빠질 수 없다는 강박이 만든 '산업재해'였다.

고작 몸의 건강을 위해 마음의 양식인 음주와 흡연을 끊을
수 없다는 생각에서 비롯된 일종의 '신념 재해'였다.

건강검진을 하면 적정 몸무게가 사십대 초반 시절의 73킬로그램쯤으로 나온다.

"살을 빼라."

10년 넘게 기록되는 한결같은 주문이다.

비만은 나의 적이다. 동시에 우리의 적, 현대 문명의 적이다. 비만의 사회적 비용이나 안티 비만 산업의 성장 스토리는 언급하지 않으련다. 지금 이 순간에도 세계 곳곳에서 벌어지는 전쟁의 포화보다 자신의 비만에 대한 관심이 훨씬 높다는 수많은 연구와 조사 결과도 거론하지 않겠다. 하지만 비만에 대한 나와 우리의 걱정은 지나치다. 비만을 향한 증오나 혐오는 대체로 과도하다. 비만은 성장 과정에서 종종 나타나는 부작용 혹은 착각일 뿐이다.

스웨덴 작가 레나 안데르손은《덕 시티》에서 패스트푸드와 다이어트를 동시에 강요하는 현대사회, 미추에 대한 절대적 판단을 비판한다. 대통령이 체지방과의 전쟁을 선포한 후 벌어지는 극단적인 상황—끊임없는 식욕과 싸움에 지쳐가는 인물들, 비만인을 향한 증오범죄—을 발랄한 문체로 풀어낸다. 결론에 반전은 없지만 상당히 재미있다. 책을 덮으면서 "그렇지" 하며 빅맥 라지 세트를 먹었던 기억이 있다.

행복한 뚱보들의 작가로 불리는 콜롬비아 화가 페르난도

보테로는 그 별명에도 불구하고 뚱뚱한 사람은 그리지 않는다고 (주장)했다.[*]

클레오파트라는 뚱뚱―혹은 통통―했다고 한다. 젊은 날의 엘리자베스 테일러와 같은 이미지는 아니었다는 거다.

그렇다. 미추 혹은 비만에 대한 판단은 상대적이다.

비만은 파괴의 대상, 전쟁의 대상이 아니다. 공존하면서 관리할 수 있으면 족하다. 문제는 뚱뚱한 겉이 아니라, 여러 요인으로 인해 제 기능을 잃은 '속'이다.

그리고 속을 관리하는 가장 좋은 방법은, 있는 그대로의 삶을 '잘' 사는 것이다.

부지런히 일을 하고(회식만 하지 말고), 뜨겁게 사랑하며(다 타서 재가 되어버릴 정도까지는 말고), 다정한 사람들과 미지근한 관계를 꾸준히 이어가는 것이다.

---

[*] 변화무쌍한 20세기 유파와 상관없이 풍만한 양감을 강조하며 독자적인 작품세계를 구축했다. 모나리자를 패러디한 〈뚱뚱한 모나리자〉는 그의 대표작 중 하나다.

'함께'는 허술하다

오래도록 소식 없던 친구에게 연락이 왔다. (핸드폰 번호는 또 어떻게 알았누.)

누군가와 함께 살기로 했단다. 결혼이란다.

축하한다고 일단 답을 보냈다.

이런, 주말에 강남이라니. 얼마 전엔 차가 너무 막혀 식장에 도착조차 못했다. 또 서둘러 출발해 제시간에 당도했지만, 주차하느라 예식을 놓친 적도 있다.

나와 아내는 평일 점심, 시내에서 결혼식을 올렸다. IMF 직후라 노숙자들도 많았다. 오셔서 축하해주셔도 좋다, 음식은 넉넉하게 준비할 거다. 다만 복잡할 수 있으니 하객들 다녀가신 후라면 좋겠다.

별도의 웨딩 촬영은 생략했고, 식장 주변에서 몇 컷 따로 찍었다. 다행히 결혼식에 대한 의견은 일치했다. 심플하게, 조용하게. 이만교의 소설, 유하 시인의 영화가 아니더라도 결혼은 미친 짓이다(라고 나는 생각한다). 특히 결혼식이 그렇다. 근데 그걸 또 한다? 그럴 순 없다는 생각이, 30년 가까운 세월

동안 은근한 위로와 함께 지속하는 힘이 되었다. 세월이 흘러 딸아이가 결혼을 할 수도 있는 나이가 되었다. 나는 아직 딸의 결혼이 멀었다고 생각한다. 하지만 혼주가 되어 손님 맞는 모습을 상상해보면, 아찔하다.

결혼은 사랑이라는 이름의 열병이 남긴 후유증이다. 서로를 전부 알고 싶어 하다가, 결국 서로의 통장 잔액과 수면 습관까지 알게 되는 일이다. 말로는 '같이 산다'고 하지만 실은 '따로 견딘다'가 더 정확할 것이다. 제인 오스틴의 소설들이, 디즈니의 공주와 왕자 이야기가 늘 "그들은 오래오래 행복하게 살았다"로 끝난다고? Happily ever after? 그럴 리가 없고, 그럴 수도 없다. 사랑은 시를 부르고, 결혼은 사용 설명서를 부른다. 연애 시절의 연가 혹은 세레나데는 결혼 이후 청소와 설거지를 둘러싼 업무 분담, 비용 분담의 계약서로 바뀐다. 연애가 고백이라면, 결혼은 각서다. 연애 시절의 "나는 당신을 사랑합니다"는 결혼 이후 "나는 당신을 사랑해야 합니다"로 달라진다. 마음이 변해도, 상대가 변해도, 심지어 세상이 변해도 일단은 유지되는 것이다. 그렇게 우리는 서로에게 사고를 당한 사람처럼 하루를 살아간다. 종종 후유증도 있다.

어느 결혼식장에서 신랑이 울었다. 신부도 아니고, 양가 어르신도 아니었다.

"왜 울었냐"고 묻자, "이젠 진짜 어디 도망 못 가겠다는 생각이 들었어요"란다. 그놈 참.

그날 이후 그들은 서로에게 천천히 길들여졌을 것이다. 길드는 일은 불편하지만, 서로의 시간을 어긋나지 않게 맞추는 유일한 방식이라는 걸 알게 되었을 것이다.

요즘은 혼자가 익숙한 시대다. 혼밥, 혼술, 혼삶. 그래서 더더욱 누군가와 함께 사는 일은 자발적인 광기이자 근사한 실패가 된다. 그 누군가가 배우자든, 오랜 친구든, 함께 늙어가기로 한 동료든 그러하다. 그리고 때로는, 가장 어리석은 선택이 가장 오래가기도 한다. 미친 짓처럼 시작해서 정든 짐처럼 남는 것이다.

나의 경우엔 그게 결혼이었다. 좋은 결혼은 언제나 허술하다고 나는 믿는다. 지나치게 튼튼하면 숨이 막힌다. 빈틈이 있어야 숨을 쉬고, 오래 지속된다. "당신 탓에 이 지경이야"라는 말 대신에, "당신이라 다행이야"라는 말이 자연스럽게 나오는 삶. 상대가 내 인생의 유일한 책임 회피처가 되어주는 삶. 그런 것이 결혼생활의 진짜 비결, 진짜 실력이라고 생각한다. 그렇게 보면 사랑보다 유머가 훨씬 더 중요하다.

결혼 또한 다른 인생의 큰일들처럼 어느 날 갑자기 멈출 수 있다. 미국 작가 조앤 디디온은 저서 《상실》에서 가족을 잃은 고통의 순간을 기록했다. 저녁을 먹으러 자리에 앉는 순간,

그녀가 알던 삶이 끝났다. 심장 한 번 뛰는, 혹은 심장 한 번이 뛰지 않는 찰나의 시간 동안 남편은 그녀를 떠났다. 그리고 그녀는 비애의 고통 속에 살아남았다. 어쩌면 어느 날 갑자기 그렇게 사라질 수 있기에, 그날까지의 모든 일상이 유효할지도 모르겠다. 그 모든 소소한 반복들이 결국 사랑의 증거이자 결혼의 기억이 된다. 나는 결혼을 예찬하지도, 그렇다고 비웃지도 않는다.

다만 이렇게는 말할 수 있다.

누군가와 살아봤고, 함께 늙어가다 결국 나부터 먼저 늙었노라고.

사랑 앞에선 늘 미숙했고, 결혼 앞에선 꽤나 용감했노라고.

끝으로 한 말씀 더.

인생의 비밀 중 하나는, 하고 후회하는 편이 안 하고 후회하는 것보다 낫다는 것이다.

그러니 미친 짓일지라도, 기꺼이 시도하시길.

그게 결혼이든, 다른 무엇이든.

건투를 빈다. 정말로.

사는 게 아니라,

살아내는 겁니다

전셋집을 얻은 지 만 2년째였다. 집주인이 보증금을 두 배로
올리겠다고 했다. 모아둔 돈? 없었다. IMF 사태로 삭감된
연봉은 원래 궤도로 돌아오지 못했고, 아내 몰래 쓴 마이너스
통장도 찰랑찰랑 한계점에 달했다. 선택지는 많지 않았다. 결국
아파트를 샀다. 당시에는 '영끌'이란 말도 없었지만, 담보대출과
신용대출을 풀로 땡겼다.

몇 달 후면 아이가 태어날 예정이었다. 아기침대 위엔
모빌이 돌아가고, 장난감과 인형, 책들이 가득한 공간을
만들어주고 싶었다. 주위에서는 원금은커녕 이자도 감당 못할
거라며 말렸다. 그래도 했다. 단 한 달을 살더라도 아이와의 첫
만남만큼은 우리 집에서 맞이하고 싶었다.

빚으로 지은 집일지언정.

그렇게 얻은 나의 아파트는 내 삶의 궤도를 바꾸어놓았다.
기자직을 내려놓고 벤처를 창업한 것도, 아내가 다시 직장
전선에 뛰어들어야 했던 것도 그 영향이 컸다.

그 옛날에는 치수를 못 하면 나라가 망했다. 요즘에는
아파트값을 못 잡으면 정권이 흔들린다. 윈스턴 처칠은 "우리는

건물을 만들고, 그다음에는 건물이 우리를 모양 지어간다"고
했다. 요즘의 우리는 아파트를 사고, 그다음에는 아파트가 우리
삶을 뒤흔든다.

아파트, 그게 뭐라고.

도대체 아파트를 사야 하나, 말아야 하나. 답을 찾기에
앞서, 먼저 곱씹어볼 게 있다. 그때는 몰랐지만 살면서 조금
알게 된 것들이다.

먼저 겉에 대해서. 기능이라 불러도 좋다.

미국 시카고에 갔다. 강을 따라 솟아오른 건물들은
한국의 아파트를 많이 닮았다. 우리는 성냥갑이라 부르는데,
그들은 세계에서 가장 미학적인 건축물 중 하나라고 평가한다.
건축물을 주제로 한 보트 투어까지 성행한다. "형태는 기능을
따른다Form follows function"던 미국 건축가 루이스 설리번의
철학처럼, 1871년 대화재 이후 폐허 위에 다시 세워진 이
거대 도시는 기능과 필요, 효율성을 토대로 지어졌다. 시카고
스타일은 전 세계로 퍼져 수많은 도시가 이를 모방했다.

아파트는 살기 위한 도구로서 집의 정의에 잘 맞는다.
가벼운 떠남이 가능하다. 집은 살기 위해 사는 것이지만 결국은
떠나기 위해 사는 것이기도 하다. 나의 아파트 역시 기능이자
도구였고, 언제든 떠날 수 있도록 마련한 공간이었다.

그러나 기능만으로는 집이 집이 되지 않는다. 겉만 단단하다고 속이 채워지는 건 아니다.

그러니 이번에는 속, 즉 정서에 대해 들여다보자.

겉으로 보기엔 획일적인 아파트의 내부를 나만의 취향으로 채워가는 과정은, 정해진 틀 안에서라도 자신만의 개성을 드러내는 일이기도 하다. 모든 집은 그 집 주인을 비추는 거울이라고 하지 않던가. 하지만 속은 거실에 걸린 명화나 명품 가구, 최신 스마트 가전으로 채워지지 않는다. 그런 것만으로는 턱도 없다.

미국 지리학자 이-푸 투안은《공간과 장소》에서 공간에 경험과 삶, 애착이 녹아들 때 비로소 그것은 장소가 된다고 했다. 공간은 말 그대로 빈 곳이고, 장소는 뜻 그대로 찬 곳이다.

속은 함께 사는 사람, 함께 사는 동물들이 채운다. 그들과 함께 만든 이야기들이 채우는 것이다. 그래야 비로소 공간이 장소가 된다.

이쯤에서 성질 급한 분들이 따질 것 같다.

"그러니까 결론이 뭐냐?"

아파트라는 공간은 살 수 있다. 사야 할 때도 있을 것이다. 하지만 장소는 돈으로 살 수 없다. 그건 몸으로, 마음으로 살아내야 한다. 우리의 아파트는, 우리의 집은 장소여야 한다.

빚으로만 채워서는 장소가 되기 어렵다.

　내 경우도 그랬다. 빚은 예상보다 훨씬 오래 남았다.
삼십여 년 직장 생활 전부가 빚을 갚는 시간이었다.
　그러므로,
　"사지 말고, 살아라." (물론 더 잘 살 수 있다면, 사도 좋다.)

아이는

아버지의 뒷모습을 보고

자란다

미국 저널리스트 헤더 라드케가 《엉덩이즘》이라는 책을 냈다. 엉덩이의 해부학적 구조부터 인류가 엉덩이에 상당한 시선을 보내는 문화인류학적 이유까지, 수백 페이지에 걸쳐 분석했다. 폭넓은 논의에 비해 결론은 좀 싱겁다. 엉덩이는 엉덩이일 뿐이니 과하게 생각하지 말자는 것이었으니까. 엉덩이를 생각하다 뒷모습을 떠올렸다. 엉덩이와 뒷모습은 그 의미가 아주 다르다. 전자는 또 다른 외면이지만 후자는 다른 형태의 내면에 가깝다. 앞은 순간이지만 뒤는 오래간다. 첫눈에 반하면 스파크가 튈 뿐이지만 뒷모습은 각인되면 이야기가 생긴다. 앞모습이 시작이라면 뒷모습은 지속이다. 프랑스 작가 미셸 투르니에 선생의 수필집 중 《뒷모습》이 있다. 사진작가 에두아르 부바의 사진에 선생의 글을 더했다.

"남자든 여자든 사람은 자신의 얼굴로 표정을 짓고 손짓을 하고 몸짓과 발걸음으로 자신을 표현한다. 모든 것이 다 정면에 나타나 있다. 그렇다면 이면은? 뒤쪽은? 등 뒤는? 등은 거짓말을 할 줄 모른다."

앞모습은 가면, 페르소나다. 현대를 살아가는 우리는 하나의 페르소나로 살지 못한다. 그런데 뒷모습은 하나다. 굳이 다른 모습을 만들 필요가 없기도 하거니와 만들기도 어렵다. 그래서 뒷모습은 무의식이며 진실이다. 이런 이유로 수많은 시인이 뒷모습을 시로 썼다.

이규리의 시 〈뒷모습〉의 한 대목이다.

"뒷모습은 남의 것이라지만,
너무 참혹할까 봐 뒤에 두었겠지만,
누군가 내 뒷모습 본다면
역시 분홍색으로 읽을 것이다
해답은 뒤에 있다"

떠나간 자리에 진실이 남는다. 직장을 그만둬본 사람들은 안다. 떠난 후에 어떤 모습이 어떤 소리가 남는지. 사랑도 마찬가지다. 이별을 해본 사람들은 안다. 떠난 뒤에 어떤 표정이, 어떤 울림이 남는지, 그리고 그것이 시간에 따라 작아지는지 커지는지. 떠날 것을 미리 생각하는 사람은 있을 때 잘한다. 뒤를 맡길 수 있는 사람이 있느냐 또한 잊지 말아야 할 문제다. 뒷모습을 평소에도 들여다봐야 하는 이유겠다. 얼굴만큼은 아니더라도, 가끔 일 년에 한 번쯤은, 누군가의

렌즈에 잡힌 사진으로라도 자신의 뒷모습을 기록해야 하는
이유겠다. 아버지가 되면 더 그렇다. 아이는 아빠의 뒷모습을
보고 자란다. 네오리얼리즘 명작으로 꼽히는 흑백영화 〈자전거
도둑〉에서처럼 말이다. 아이는 실의에 빠져 축 처진 아버지의
어깨에서 현재 삶이 지닌 고통을 읽는다.* 나의 딸은, 나의 어떤
뒷모습을 보았을까. 어린 시절 목말을 타기 위해 두 손으로
짚었던 나의 어깨였을까, 몇 번의 실패를 겪는 동안 가족이 잠든
후에 숨어서 흐느꼈던 나의 등이었을까. 아무래도 좋다. 그것
또한 진실의 순간이었을 거다.

뒷모습을 기록하다 보면 사물 혹은 사건의 뒷모습, 즉
진실에 다가가는 실마리가 생긴다. 단선적, 그러니까 평면적
사실에 휘둘리지 않고 입체적 진실에 다가설 힘이 생긴다.

다만 뒷모습을 기록하는 데에도 경계할 것이 있다. 과거
지향, 회상형 기록보다는 지금 여기, 현재형이 되는 게 낫다.
뒷모습은 시간의 문제가 아니라 표면에 대비되는 이면, 가면
속의 생얼, 거짓에 대한 진실이다. 소년에게도 청년에게도
그리고 중년에게도 뒷모습이 있다. 죽음에 다가섰을 때도
그러하다. 뒷모습은 떠나보낼 것이 아니라, 붙잡아 두어야 하는
것이다. 그렇지 않으면 죽도록 후회하게 될 것이다.

<hr>

*   1948년 비토리오 데 시카가 연출했고, 한국에서는 1952년 개봉했다(고 한다).

부모의 등은

생각보다 강하다

신입사원을 위한 특강의 마지막 슬라이드 제목은 '살면서 지키면 좋을 것들'이었다.

"매일 팔굽혀펴기 스무 개 이상 하기. 매주 책 한 권 읽기. 반려인간(혹은 반려동물)과 함께 살기. 술은 조금만. 월급의 20퍼센트는 자신만을 위해 쓰기."

마지막 항목에서 내 목소리에 유독 힘이 들어갔다. 월급만 모아서는 집 못 산다, 그러니 안 되는 일에 목숨 걸지 말라. 대신 최신 스마트폰을 사든, 브랜드 스니커즈를 신든, 맛집 순례를 다니든, 한 달에 한 번쯤 친구들에게 한턱 내든, 자신을 위해 '쏘라'.

며칠 뒤 전화가 왔다. 신입사원 중 한 명의 어머니라는 분이었다. 불만이 가득한 목소리였다. 왜 애들한테 '쏘라'고 했느냐고. 티끌 모아 태산인데, 알 만한 사람이 그런 말을 해서 자식 허파에 바람을 넣었냐고. 그 말이 부모에게까지 전해진 건, 그만큼 공감도가 높았기 때문이었을 것이다. 그나저나 강의 현장에서의 반응이 가장 컸던 말은 "최선을 다해, 가능한 한 오래도록, 부모 등에 기대어 살라"였는데……

자식이 대학에 갈 때쯤 부모는 정년에 가까워진다.
사업이 망하거나 건강이 나빠지기도 한다. 송호근 한림대학교
석좌교수가 쓴 《그들은 소리 내 울지 않는다》에 따르면
우리나라 직장인들의 평균 퇴직 나이는 쉰셋 안팎이다.

취업 후에도 군대 갔던 동생이 복학하거나, 부모가
아프거나, 목돈이 필요해지는 순간이 온다. 학자금 대출도
다 못 갚았는데 대출을 또 받아야 하는 상황이 벌어지기도
한다. 이런 상황에 끌려가는 마음 약한 효자, 효녀는 자신만을
위해 무언가를 하기 어렵다. 반백 년 넘게 살다 보면 있으면
있는 대로, 없으면 없는 대로 살아가는 법을 배운다. 후손에게
유전자를 남기고 자신의 껍데기를 죽이는 것이 자연의
법칙이다. 교미 후 수컷을 잡아먹는 거미나, 부화한 새끼를
멀리 보내는 데 힘을 다 써 그 자리에서 죽고 마는 문어를 보라.
사람이라고 뭐가 그리 다를까.

이탈리아 작가 체사레 파베세는 시 〈선조들〉에서 이렇게
읊었다.

"여자들은 우리의 핏속에 무언가 새로운 것을 넣어주지만
자신은 자기의 작품 속으로 사라져 버리고, 우리는,
그렇게 태어난 우리는 홀로 살아 나간다."

부모에게 한동안 기대는 것 역시 그 본질은 떠나기 위한 준비다. 하루이틀, 한두 해 길고 짧음은 큰 문제가 아니다. 다시 말하지만, 떠남은 필연이다.

미국 소설가 코맥 매카시의 소설《로드》의 마지막 장면이다. 아버지가 죽고 아이는 오래도록 울었다. 그리고 마침내 자신의 길을 나아간다. 아버지를 잊지 않으면 된다고 다짐하면서. 이후 누군가는 소년에게 말한다. 이런 일은 언제나 그랬고, 앞으로도 그럴 것이라고.

부모와 자식의 삶과 관계는 시대와 상관없이 반복된다. 다만 속을 깊이 들여다보면 소소하게 다르다. 요즘의 586세대는 서럽다. 누군가는 586세대가 유독 슬픈 세대가 된 것은 의무만 있고 권리는 없기 때문이라고 했다. 봉양과 부양이라는 두 가지 의무를 떠안고도 요즘 부모의 금쪽같은 사랑도 받지 못했고, 예전 자식들의 마음에서 우러나오는 존경도 얻지 못해서라는 거다. 어떻게 보면 그런 것도 같다. 그렇다고 해서 슬퍼하지 않는다. 이미 지나간 일이다. 다른 방법으로 나를 지켜주던 분들이 계셨고, 또 다른 방법으로 나를 기억할 후손도 있을 것이다.

그러니 지금의 젊음이라면 당장의 제약이나 미래의 속박에 자신을 가두지 말기를. 자신의 삶을 성숙하게 만드는 모든 과정에 자유롭기를. 결혼하고 싶으면 하고, 하기 싫으면 하지 말기를. 공부하고 싶으면 하고, 놀고 싶으면 놀기를. 부디 그 모든 일에 좋은 때를 놓치지 말기를.

그 모든 자유로운 결정에 부모가 걸림돌이 되지 않기를.

부모의 등은 튼튼하다. 어지간해선 부서지지 않는다. 아버지로 제법 오래 살아보니, 그쯤은 알게 됐다.

같이

먹는

밥

드라마 〈심야식당〉은 일본 도쿄의 뒷골목, 허름한 식당의
주방장 겸 주인장 마스터와 그의 손님들을 둘러싼 사람 사는
이야기를 잔잔하게 그린다. 눈물을 쏙 뽑거나 박장대소를
유발하는 자극은 없다. 그런데 어느새인가 눈가가 촉촉해지고
입꼬리가 슬쩍 올라가 있다. 손님들은 자정을 넘어, 허기를
달래기 위해 마스터를 찾는다. 허기는 두 곳에서 온다. 하나는
텅 빈 위장에서, 다른 하나는 텅 빈 가슴에서. 마스터는
그들에게 할 수 있는 요리라면 뭐라도 만들어준다. 마스터의
음식은 자극적이지 않다. 언젠가 어머니 혹은 할머니가
만들어주셨던 가족의 요리다. 그래서 가슴에서도 포만감이
느껴진다.

　보고 나면 배가 고파진다. 직접 만들고 싶은 생각이 든다.
마땅히 떠오르는 게 없다. 라면을 택한다. 고작 라면이다.
하지만 라면 레시피만 해도 수십, 수백 가지 아닌가. 보통
라면이 아니라 특별한 라면을 만들면 되겠지. 달걀을 풀고
파를 잘라 넣는다. 마스터 같은 칼질의 유연함은 당연히 없다.
칼 대신 가위를 쓸 수도 있다. 그리고 나만의 비법 한 스푼.

아내에게 내놓는다. 이 밤에 무슨 라면이냐며 손사래를 치다가
한 젓가락을 먹는다. 맛있다고 한다. 정말 맛이 있어서 맛있다고
하는지는 모르겠다.

《예감은 틀리지 않는다》로 부커상을 받은 영국 소설가
줄리언 반스는《또 이따위 레시피라니》라는 책에서 요리는
열정과 상식의 문제라고 했다. 평온한 마음과 상냥한 생각,
상대의 결점을 너그럽게 인정하는 태도를 넣어 정성껏 만들면
충분하다고 했다. 쉐프의 모자가 필요한 건 아니라는 거다.
　하지만 요즘은 정성으로 충분하지 않단다. 유튜브
먹방이 종편과 공중파 예능 프로그램으로 확장되면서 사람들
입맛도 높아졌다. 결혼하려면 요리사 자격증이 있어야 한다는
이야기도 들린다. 취업도 마찬가지다. 신입사원 면접을
보다 보면 대단하다는 생각이 든다. 각종 인증서와 스펙,
경험들……. 예전같이 졸업장 하나에 '뭐든 할 수 있습니다'라는
패기만으로는 명함도 못 내민다. 과거의 나는 1차 심사도 넘지
못할 것 같다.
　가족의 또 다른 말은 식구다. 밥 식食, 입 구口. 말 그대로
밥 같이 먹는 게 가족이라는 뜻이다. 그리고 그 가족을 잘
먹이는 게 가장의 가장 중요한 임무다. 미국의 소설가 제임스
설터는 부인 케이 설터와 같이 쓴 요리 에세이《위대한

한스푼》에서 "인생을 즐겁게 해주는 여러 가지 중에서 단연 최고는 음식이며, 함께 음식을 나눌 누군가가 있다는 것은 진정 삶의 축복"이라고 했다. 요컨대 가족을 위한 최고의 일은 '같이 밥 먹는 것'이라는 이야기다. 같이 먹는 일이 별로 없는 요즘 가족들은 외롭다. 같이 자는 것만으로는 부족하다. 18번 요리로 가족을 모아야 한다. 아빠들이 먼저, 그리고 기왕 하는 거 미래의 남편과 아내가 될 자녀들에게도 일찌감치 18번 요리, 그러니까 자신만의 일품요리를 익히도록 하면 좋겠다. 그렇게 해서 식구를 지킬 수 있으면 좋겠다.

내 18번 요리는 특별한 라면이고 콩나물국도 제법 잘 끓인다. 카레도 종종 만든다. 이 정도면 간신히 버틸 만하다.

5부 * 천천히 마무리하며

돌아보는 사람에게

클라이맥스는

떼
창
으
로

부서 회식에 국장이 참석했다. 3차는 노래방이었다.

국장은 '바우고개'를, 부장은 '귀국선'을 불렀다.* 노래 두 곡에 일제강점기에서 해방까지의 역사가 비장하게 흘러갔다. 분위기를 바꿔보자는 말씀과 함께 지명된 나는 헬로윈의 '어 테일 댓 워즌트 라이트A tale that wasn't right'를 불렀다.** 분위기는 오히려 더 썰렁해졌다. 이후 폭탄주만 돌았다. 나이 들면 부르기 어려운 노래가 많아진다. 그 시절 국장과 부장이 반응을 보이지 않은 것은, 그분들이 그 노래를 몰라서가 아니었을 것이다. 다만 그 노래를 당신들은 따라 부를 수 없다는 이성적 판단 때문이었을 거다. 그럴 가능성이 높다고 본다.

젊은 날의 나는, 그 시절의 젊음이 그러하듯 로커를 자처하며 살았다. 소음을 고음이라 우겼다. 레드 제플린의 보컬 로버트 플랜트와 딥 퍼플의 이언 길런, 주다스 프리스트의 롭

---

*   '바우고개'는 일제강점기 시절에, '귀국선'은 1946년에 나온 노래다.

**   독일의 메탈 밴드 헬로윈의 대표곡. 스틸하트의 '쉬즈 곤'과 함께 고음병 환자들이 즐겨 불렀다.

헬포드를 피하지 않았다. 시나위와 김경호도 종종 찾았다. 술과 노래는 같은 스피릿이라 믿었다. 춤은 못 춰도 에어기타를 치며 분위기를 띄웠다.

하지만 쉰 살이 넘으면서부터는 그럴 수 없었다. 목이 아팠고 기침이 쏟아졌다.

노화는 한동안 해왔던 것을 못하게 만들었다.

폴란드 시인 쉼보르스카가 〈여기〉에 적었듯 "육신을 소유하는 건 육신의 노화로 갚아가야" 하기 때문이겠다. 프랑스 작가 시몬 드 보부아르는 저서《노년》에서 인간의 노쇠는 세포 조직들의 부정적인 변모 때문이라 했다. 슬그머니 진행되던 노화가 어느 순간 선을 넘으면 그 사람은 생리학적으로, 사회문화적으로 노인이 된다. 팔십 이후에는 거의 모든 노인이 낮에 반쯤은 졸고 있다.

노화에 대한 사람들의 반응은 크게 두 가지로 나눌 수 있다.

먼저 회피 혹은 부정이다. 처음부터 나와 상관없다고 선을 긋고 보는 것이다.

믹 재거는 젊었을 때 "마흔다섯 살이 되어 '새티스팩션'*을 부르고 있을 정도라면 차라리 죽는 게 낫다"고 큰소리쳤다. 자신의 마흔다섯 이후 모습을 상상할 수 없었던 거다. 그런데 여든이 넘은 지금도 펄펄 뛰며 그 노래를 부른다.**

다른 하나는 수용이다. 여기에는 최대한 뒤로 늦추겠다는 지연작전도 포함되는데, 멀리서 보면 그 둘은 결국 오십보백보다. 수용은 다시 비관적 태도와 낙관적 태도로 나뉜다.

오스트리아 작가 장 아메리는 비관적 수용 쪽에 속한다. 그는 저서 《늙어감에 대하여》에서 "속절없이 늙어가는 사람에게 그 쇠락을 두고 '귀족과 같은 우아한 체념'이라거나 '황혼의 지혜' 혹은 '말년의 만족'이라는 말 따위로 치장해 위로하는 것은 내가 보기에 굴욕적인 기만에 지나지 않는다"라고 했다. 그에게 노년은 저항과 체념 사이에서, 죽음과 더불어 살아가야 하는 시간이다.

이와는 달리 긍정적, 희망적 시선이 있다. 프랑스 저널리스트 콜레트 메나주가 그 경우다. 그는 저서 《노년 예찬》에서 노년을 죽음을 앞둔 몇 년의 기간으로 정의하는 대신 행복한 장수의 상당한 기간으로 보자고 했다. 특히 이 기간에는 젊을 때와 달리 무엇을 안 해도 되는 자유가 주어진다. 의무적

<hr>

*   1965년 롤링스톤스가 발표한 노래. 대중음악 역사상 가장 위대한 명곡 중 하나로 꼽힌다. 원제는 '(I Can't Get No) Satisfaction'.

**   무라카미 하루키가 《달리기를 말할 때 내가 하고 싶은 이야기》에 이 에피소드를 소개했다.

관계에서도 해방된다. 인위적 가식, 연극, 유혹도 필요 없다.

다시 노래 이야기로 이 글을 마무리하고자 한다. 나는 록 부르기를 완전히 포기했는가. 아니다. 이제는 절정의 고음 직전까지만, 1절 혹은 도입부까지만 부른다. 에어기타 대신 벨리드럼을 친다. 손에 쥔 마이크로 배를 두드리면 그럴듯한 베이스드럼 소리가 난다.

노래를 부르는 방식을 그렇게 바꿨다. 그 덕분에 가장 좋아하는 부분, 절정 앞에서 멈춰도 그럭저럭 괜찮음을 알게 됐다.

천천히 흐르는 지금이

어 쩌 면   가장 정확한 시간

시계를 선물받았다. 취업한 딸이 몇 달의 월급을 덜어 모아 사준 것이었다. 감정적으로는 세상에서 가장 값진 물건이다.

마침 정가의 절반 이하로 팔고 있었다. "재밌네"라는 말이 내 입에서 떨어지자마자 딸이 그랬다.

"사줄게."

이럴 땐 못 이긴 척 받아들이는 편이 좋다.

바늘이 하나뿐인 싱글핸드 시계였다. 북반구 지도를 새겨 넣은 기판 위에 2부터 24까지 숫자가 놓여 있고, 그사이에 큰 눈금 하나와 작은 눈금 세 개가 박혀 있다. 지름 42밀리미터의 원 안에 24시간이 들어 있다. 나침반을 본뜬 빨간색 바늘 하나가 하루 동안 96개의 눈금을 천천히 돈다.

눈금 하나가 15분이다.

이 시계는 정확한 시간을 말해주지 않는다. 대충, 이쯤.

게다가 태엽까지 감아줘야 한다. 귀찮다.

그래서 더 마음에 든다.

우리는 초 단위로 비교하고, 분 단위로 지쳐간다. 이런 시대에 부정확한 시계는 쓸모가 없어 보인다. 그런데 그런

무용함이 내게는 오히려 무해함이 되었다. 정밀함이 아니라 감각, 정답이 아니라 여유를 말할 수 있는 권리가 좋았다. (내게 시간을 묻지 않기를. 정확한 건 모르니까.) 독일의 철학자 발터 벤야민은 《역사의 개념에 대하여》에서 말했다. 시간은 직선이 아니라 순간과 관계 속에서 의미를 갖는다고. 사랑을 기다리는 오늘의 17시 30분과, 퇴직 통보를 받은 날의 17시 30분은 같은 숫자이되 전혀 다른 시간이라는 뜻일까. 이탈리아의 물리학자 카를로 로벨리도 《시간은 흐르지 않는다》에 이렇게 적어뒀다.

"온 우주에 공통의 현재는 존재하지 않는다. 세상의 모든 사건들이 과거-현재-미래 순으로 진행되는 것도 아니고, '부분적'으로만 순서가 있을 뿐이다. 우리 주위에는 현재가 있지만 은하에서는 그것이 '현재'가 아니다. 현재는 세계적이 아니라 지역적이다."

그렇게 생각을 펼쳐 나가면, 싱글핸드 시계는 더 이상 도구가 아니라 하나의 철학적 사유가 된다. 정확하지 않기 때문에 불안하게 하지 않고, 느려도 괜찮다고 몰라도 괜찮다고 말해주는 사물이 된다. 그 안에 해방의 감각이 있다.

시계는 종종 사람들의 시간을 비튼다.

파텍 필립은 광고한다. "당신은 파텍 필립을 소유하지

않습니다. 다음 세대를 위해 잠시 맡아둘 뿐입니다." 이 얼마나 조용한 오만인가.

리처드 밀은 시간을 경주처럼 설계한다. 카본과 티타늄, F1 머신을 뜯어 만든 듯한 뼈대 속에서 수억 원의 부품들이 정확한 시간을 계산한다.

이 시계들은 주장한다. 시간은 자산이며 권력이자 디자인이라고.

하지만 시계를 산다는 것은 시간을 사는 일이 아니다. 시간을 대하는 태도를 고르는 일이다. 제아무리 고가의 시계를 찬다고 해서 시간의 속도, 노화의 속도를 늦출 수는 없다.

미국 드라마 〈프렌즈 앤 네이버스〉에는 몰락한 부유층 중년 남자가 주인공으로 등장한다. 그는 지인들의 고급 시계를 훔친다. 그가 훔친 것은 시계였을까. 아니면 다시는 되돌릴 수 없는 그들의 시간, 그 시절의 자신이었을까.

박준 시인은 산문집《운다고 달라지는 일은 아무것도 없겠지만》에 썼다.

"시계는 항상 앞서가잖아요.
그것이 시간이란 걸 우리가 이해하게 되었을 땐
우리는 이미 지나가 버렸어요."

시간은 늘 앞서 있고, 이해했을 때쯤 이미 늦다. 그래서 인간은 언제나 약간 뒤늦게 도착하는 존재다.

그런데 그러면 뭐 어떤가.

나는 종종 싱글핸드 시계를 찬다. 그러고도 내 하루에는 이전보다 훨씬 많은 순간이 정확하게 새겨진다. 햇볕이 스며들던 오후의 각도, 내가 처음으로 나에게 "괜찮다"고 말하던 순간, 누군가의 한마디에 울컥했던 기억들이 새겨진다. 그런 의미는 시곗바늘이 아니라 마음이 정한다. 그러니 오늘도 굳이 정확하지 않아도 좋다.

지금은 대충 23시 30분쯤이다. 그 정도면 됐다.

천천히 흐르는 지금이, 어쩌면 오늘의 가장 정확한 시간일지도 모른다.

설
령

대머리가 될지언정

현대 환상 문학의 거장 이탈리아 작가 이탈로 칼비노의 소설
《존재하지 않는 기사》를 읽고 나면 백치와 바보를 구별할 수
있게 된다. 아무것도 모르는 사람은 백치, 하나밖에 모르는
사람은 바보다. 아무것도 모르는 사람은 아무것도 모르기
때문에 자신을 '무엇'으로 규정하지 않는다. 자유롭지만 되는
일은 없다. 하나밖에 모르는 사람은 하나밖에 모르기 때문에
자신을 그 하나를 향한 무엇으로 규정한다. 그 하나를 위해
전부를 건다. 사람들은 간혹 바보를 존경할지언정 바보의
삶은 필사적으로 피한다. 바보의 삶은 피곤하고 힘들 수밖에
없으므로. 그럼에도 타인의 행복에서 그 무엇을 찾은 분들,
그러니까 김수환 추기경, 이태석 신부 같은 분들을 우리는
오래도록 기억한다.

범접하기 어려운 영역처럼 보이지만, 돌아보면 아예 없는
것도 아니다. 영화 〈범죄도시〉의 마석도 형사도 그렇겠다.
시리즈 2의 한 장면, "왜 이렇게까지 하느냐"는 질문에 이렇게
답한다.

"이유가 어딨어. 나쁜 놈들은 그냥 잡는 거지."

핵심은 '그냥'이다. "나쁜 놈은 잡아야 한다"는 단 하나의
원칙을 알고 있다는 것이다.

나는 아직 내 삶의 무엇을 분명하게 깨닫지는 못했다.
어렴풋하게 아는 정도다. 살아오면서 이런저런 결정의 순간에
스마트하게 계산하지 못했다. 멀티태스킹, 무한반복 계산이
가능한 인공지능 시대에 살면서도 그랬다.

다만 내겐 원칙 혹은 기준 같은 게 있다. 좋은 것, 편한
것보다 해야 하는 일과 할 수 있는 일을 먼저 생각한다는
것이다. 20여 년 전 결혼도 그랬고, 열몇 번의 이직에
직면해서도 그랬다. 이런 결정은 상당 기간 부담이 된다.
피곤은 자주 나비처럼 다가오고, 후회는 가끔 벌처럼 쏜다. 종종
위태롭다. 게다가 그 선택은 자신뿐만 아니라 가족까지 끌고
간다. 직장을 옮겼던 나의 모든 선택에 대해 아내와 딸은 흔쾌히
지지하면서도 커다란 걱정을 묻어뒀었다.

다시 살 수 있다면 다른 결정을 할 것인가?

아마도 달라지지 않을 것이다. 그런 결정 아래에서 더
잘하려고 더 더 더 애쓸 것이다. 선인들의 표현을 빌리자면
결정은 바보처럼 하고, 일은 반절 바보처럼 했을 것 같다.

"나는 완전 바보 그대는 반절 바보
오경에도 시를 지어 그댈 부르네

기다려도 오지 않아 꿈에까지 찾았건만

그대 와서 읊조릴 적 나는 알지 못했노라.”

이병연의 시 〈차사반치옹〉이다. 선인들에게 효율성이나 가성비는 안중에 없다. 해야 할 일 혹은 할 수 있는 일을 하고, 벗과 나눈다. 스스로 “나는 바보, 너는 반절 바보”라고 말하지만 그 모습은 어리석거나 모자라 보이지 않는다. 그렇겠다. 바보가 과하다고 여겨진다면 반절 바보로 사는 것도 괜찮겠다. 그리고 바보 혹은 반절 바보 친구가 있으면 좋겠다.

마무리 전에 한마디만 더 덧붙인다. 바보로 살려면 힘이 있어야 한다. 자신이 아는 한 가지를 그냥 밀고 갈 수 있는 힘 말이다. 신앙이든 뚝심이든 슈퍼파워든. 일본의 히어로 만화 《원펀맨》의 주인공 사이타마가 그렇다. 어떤 적이든 단 한 방에 끝내는 그의 힘은 훈련에서 나왔다. 매일 팔굽혀펴기 백 번, 윗몸일으키기 백 번, 스쾃 백 번, 그리고 10킬로미터를 뛰었다. 3년간 어느 종목 단 한 개도, 하루도 빼먹지 않았다. 대신 머리카락을 모두 잃었다.*
　힘은 그렇게 얻는 것이다.

---

* 　《원펀맨》은 탈모인들이 아주 싫어하는 만화다. 힘을 얻는 대가가 너무도 크다는 이유다.

한 살 더

먹더라도

164

연말에 제일 많이 듣는 말 중 하나가 '다사다난'이다. 연하장과 송년사에서 빠지는 법이 거의 없다.

올 한 해 어땠나 눈을 감고 돌아본다.

아, 정말 징글징글했구나.

싸우고 깨지고 사랑하고 헤어졌구나. 내가 산 주식은 영락없이 가격이 내려갔고, 한때 믿었던 사람은 등에 칼을 꽂았다. 그러니 어쩔까, 남아공 작가 J.M.쿳시의 소설 《추락》의 마지막 문장—그래요, 단념하는 겁니다.— 같을 수밖에.

사고나 사건은 예고 없이 온다. 요즘 3대 질문이라는 "왜요? 이걸요? 제가요?"를 생각할 겨를조차 없다. 그런데도 다사다난 속에서 실마리를 찾는다. 많이 겪었으므로 맷집이 세졌다. 생존 본능이, 방어기제가 절로 작동한다. 나는 모든 사고나 사건이 불행이라고 믿지 않는다. 톰 행크스 주연의 영화 〈포레스트 검프〉 속 차량 범퍼스티커('Shit happens!'라고 적혀 있던)와 진흙 얼룩이 남긴 스마일 모양의 티셔츠를 떠올린다. 둘 다 사건이 발생했을 때에는 불운으로 여겨졌지만 오래지 않아

엄청난 행운이었음이 밝혀진다. 전화위복, 새옹지마다. 지난 내 삶 속에서도 반증들이 있다. 닭인 줄 알았는데 꿩이었고, 꿩이 아니라 봉황이었던 적이 여러 번이었다. 그렇다고 해서 나중에 좋을 것이니 지금의 고통은 아무것도 아니라고도 이야기하지는 않겠다. 고통의 당사자에게 새옹지마, 전화위복과 같은 말은 쓴 약에 넣는 사탕에 불과하고, 호사다마, 호몽부장은 팥죽에 들어간 설익은 새알심 같은 말이니까. 나이 들면 사람은 조금은 음흉해져서 현재의 고통을 과거의 소소한 영광이나 미래의 불확실한 기쁨 뒤로 슬쩍 숨기곤 한다. 현재 괴로운 일은 지금 괴로운 것임을 잘 알면서도 그렇다. 밖은 춥고 안은 두렵다.

하지만 솔직히 말해 이런 태도는 권할 게 못 된다. 젊을 때는 더더욱 그러지 말기를. 아프면 아프다고, 힘들면 힘들다고 소리치기를 바란다. 그래야 도움도, 위로도 받고, 다시 일어설 힘도 움튼다.

튀르키예 소설가 오르한 파묵의 《하얀 성》을 읽다가 밑줄을 쫙 쳤다.

"이미 이룩된 것들은 대부분 섭렵했으며, 그 모든 것에 코웃음을 쳤다. 자신이 더 잘할 수 있을 거라 확신했으며, 자신을 따를 자도 없거니와, 누구보다도 영리하고 창의적이라는 것을 믿어 의심치 않았다. 간단히 말하면, 평범한 젊은이였다."

파묵은 끝 모를 오만함과 찔릴 듯한 건방짐, 그런 것들이야말로 '평범한' 젊음의 특징이라고 했다. 적어도 젊을 때는 인생도처유상수人生到處有上手*를 알지 못해도 괜찮다. 시도하지 않는 겸손보다는 차라리 무모한 오만이 낫다. 자기보다 잘난 사람이 여기저기 있다 하더라도, 미리 주눅이 들 필요가 없다.

다치바나 다카시 도쿄대학교 교수도《스무 살, 젊은이에게 고함》에서 "무엇이 있을 수 있고, 무엇이 있을 수 없는지 사전에는 결코 알 수 없"다면서, "판타 레이**야말로 영원한 진리"라고 강조한다. 이런 평범한 젊은이들이 판타 레이에서 만들어낼 세계는 그야말로 무궁무진할 거다. 올 한 해 동안 우리는 금은 갔지만 깨지지 않았고, 넘어졌지만 포기하지 않았다. 내년에도 그럴 것이다. 희망은 고통을 마주하는 데서 비롯된다고 했다. 트라우마 또한 고통을 직면하고 수용하고 흘려보낼 때 비로소 희미해진다고 했다. 그 뒤엔 재생, 복원의 힘이 세진다.

변윤제의 시 〈내일의 신년, 오늘의 베스트〉는 이렇게

---

*   인생을 살다 보면 나보다 뛰어난 사람(상수上手)들이 곳곳(도처到處)에 존재한다는 뜻. 세 사람이 길을 가면 그중에 반드시 나의 스승이 있다는 공자 말씀과 통한다.

**   고대 그리스 철학자 헤라클레이토스의 명언으로 만물은 끝없이 변천한다는 뜻.

흘러간다.

　"정수리에 잎 그림자 몰아치는 날

슬픔이 꼭 훌륭해야 할 필요 없잖아요"

라고 시작하며 분위기를 띄우고,

"매일이 선물이 아니라면 뭐지요?"

라고 물으며 고개를 넘고,

"그래요, 저는 내년에도 사랑스러울 예정입니다"

라고 귀엽게 마무리.

　다사다난했던 한 해의 고통 속에서 복원의 싹을 틔운다. 한 살 더 먹었지만 더 젊어진 우리는 내년에도 사랑스러울 거다. 분명 그럴 거라 희망한다.

제법

쓸 만한

후
회

어머니는 종종 말씀하셨다.

"네 아버지가 장점이 딱 하나 있는데, 지나간 일에 대해서는 뭐라고 안 해."

들을 때마다 가슴이 철렁한다. 이 짧은 문장에는 너무도 단호한 구절이 있다. '딱 하나'라는.

이 말씀은 며느리 앞에서 종종 이렇게 변주된다.

"아범이 다른 건 몰라도 지 아버지를 닮아서 후회를 안 해."

아내는 이 말씀을 다르게 받아들이는 것 같다.

'내 남편은 사고를 치고도 후회하지는 않는 놈이야'라고.

방점이 사고에 찍혀 있다.

두 여인 사이에서 나의 장점은 단점이 되고, 나의 철학은 무책임이 되는구나. 하지만 그렇게 엇갈리는 해석들이야말로 내가 살아온 궤적을 사실적으로 비추는 거울일지도 모르겠다. 아무튼 진실은 아마도 두 개의 이야기 중간 어디쯤 있을 거다. 이렇게 정리하면 될 것 같다.

"나 또한 (그래도 사람인지라) 후회가 전혀 없지는 않다. 다만 오래 하지는 않는다."

젊을 때부터 나름의 법칙을 정하기는 했다. 후회는 어지간하면 하루를 넘기지 않는다, 반성은 이틀쯤이면 족하다, 회복의 노력은 빠를수록 좋다. (내 생각엔 너무도) 그럴듯했다. 자신 있게 아내에게 설명하지만 중요한 게 빠졌다고 한 소리 한다.

"사고를 안 치겠다는 말은 안 하는군."

아내와의 논쟁은 피하는 게 상책, 물러서야 하는데 종종 그 진리를 잊는다.

"살면서 중요한 게 뭔지 알아? 회복탄력성이야. 근데 후회는 탄력성을 감소시키거든. 엄밀히 말하면 반성도 그래. 둘 다 되돌아보는 거니까. 늙는다는 건 돌아보는 일이 많아지는 거고."

여기까지 오면 다음 스토리는 뻔해진다. 왜 우리 가족의 삶에는 고요가, 평화가 없느냐는 탄식이 이어진다. 하고 싶은 것 다 하고, 사고 치는 건 당신, 그 풍파와 후폭풍을 고스란히 맞는 건 가족이라는 지적이 이어진다. 마침내 아내가 살면서 가장 후회하는 게 뭐냐고 묻는다. 이럴 때는 답을 잘해야 한다. 준비해둔, 후회와 반성을 짧게나마 거듭하면서, 회복탄력성까지 감안해서 정리해둔 게 있다.

우리는 진실을 말할 때조차, 그 진실이 우리에게 불리하지 않기를 바란다. 후회를 덜 하는 이유, 반성을 덜 하는 이유, 사건의 원인과 결과를 묻어두고 회복으로 시급히 질주하려는 이유다. 몽테뉴도 《에세》에 이렇게 적어뒀다. 나는 진실을 말한다. 그러나 마음껏은 아니다. 감히 말할 수 있을 만큼만 말한다.

그랬다. 나 또한 진실을 말할 때 그 진실이 나를 다치게 하지 않기를 바랐다. 그래서 나는 후회를 짧게 하고(없애고), 반성을 서둘러 접고, 회복이라는 말 뒤로 몸을 숨겼다. 하지만 그 모든 옳은 말씀에도 불구하고, 나는 여전히 후회가 짧은 게 낫다고 생각한다. 짧은 후회는 나를 힘겹게라도 움직이게 하지만, 긴 후회는 나에게 면죄부를 준다. 면죄부에 스스로를 깔고 뭉개는 것보다는 부족한 후회를 서둘러 딛고 일어서는 게 낫다고 나는 믿는다.

이건 내가 겪어봐서 좀 안다. 솔직히 말해서 움직이는 사람으로 산 시간보다 면죄받은 사람으로 살아온 시간이 더 길었던 게 나다.

짧은 후회와 짧은 반성, 그 정도면 됐다. 충분하다.

많은 실패를 경험한 사람의 후회는, 제법 쓸 만한 후회일 거다.

탈색의

시 간

일 년에 서너 번쯤 머리카락을 염색한다. 새치가 절반쯤 올라오면서부터다. 미용실에 가 검은색과 흰색을 섞은 회색, 애쉬그레이를 고른다. 이 색깔이 나오려면 머리카락에서 색소를 제거하는 탈색 과정을 두 차례 거쳐야 한다. 각각의 과정은 숙성의 시간을 포함하고 있어 서너 시간은 족히 걸린다. 공을 들여 염색해도 오래 가지 않는데, 열흘쯤 지나면 애쉬그레이에서 카키그레이로 변한다. 그 뒤 또 열흘 후엔 옐로우그레이로 변하는데, 늦가을 이른 저녁 시간의 들판 같은 색깔이다. 머리를 자주 감으면 이 과정이 빨리 지나가고, 덜 감으면 천천히 간다.

다니엘 데이 루이스가 주인공을 맡은 영화 중 〈순수의 시대〉라는 작품이 있다. 마틴 스코세이지가 감독이었고, 미셸 파이퍼, 위노나 라이더 등이 출연했다. 원전은 미국 최초로 퓰리처상을 받은 여성작가 이디스 워튼의 장편소설이다. 다니엘 데이 루이스가 분했던 아처 뉴랜드의 삶은 계산된 선택으로 만들어졌다. 사회적 지위, 가문, 심지어 도덕성까지도. 하지만 그의 속마음─사랑이라는 이름의─은 충분히 계산되지도,

선택되지도 못했다. (영화의 마지막은 쉰일곱이 된 아처가 젊은 날 선택하지 않았던 사랑을 찾아가지만 또다시 선택하지 못하고 돌아서는 장면이다. 그의 회색 머리칼이 모자 아래에서 빛난다.) 아처는 그래왔다. 미래를 알 수 없는 것은 내려놓았고, 지금은 최선인 선택을 붙잡았다. 그는 모범 시민이 되었고, 가문의 명예를 지켰다. 성공적인 삶이라는 평판을 보상으로 받았다. 그리고 함께하지 못한 세월에 대한, 깊은 후회를 남겼다. (돌아섬 또한 사랑의 표현일지도 모를 일이다만.)

다른 각도에서 이 문제를 보는 방법도 있다. 경영 전문가 댄 히스의 《업스트림》도 그중 하나겠다. 우리는 흔히 문제가 발생한 뒤에야 그것을 해결한다. 아이가 물에 빠지면 구한다. 두 번째 아이도, 세 번째 아이도. 그런데 누군가는 물가를 거슬러 달려가기 시작한다. 상류에 올라가 도대체 누가 아이들을 물에 빠뜨리고 있는지 확인하러 간다. 문제가 발생한 뒤에 대응하는 것, 다운스트림만으론 부족하다. 눈앞의 문제만 처리하다 보면, 구명조끼는 될 수 있지만, 구조선은 되지 못한다. 원인을 찾아 없애야 한다. 이게 업스트림이다. 댄 히스는 책에서 업스트림에 성공한 다양한 사례를 소개한다. 어렵지만 해보라는, 보상이 꽤 크다는 주장과 함께. 업스트림 접근법은 품이 많이 든다. 알아주지 않을 때도 많다. 조직과 예산을 유지(확대)하기가 얼마나 힘들었는지. 빈 카운터Bean Counter 재무책임자라도 만나게 되면 얼마나 좀스럽게 논쟁해야 했는지. 평화의 시기는, 아무 일도 없어서가 아니라 아무 일이 없게 했기 때문에 가능한 것이었는데 말이다.

아처가 업스트림을 알았다면 어땠을까. 그의 계산 속에 원인을 포함해놓고, 그 원인이 시간에 따라 어떤 작은 변화들을 만들고, 최종적으로 어떤 결과를 만들어낼지를 미리 생각해봤다면 어땠을까. 예컨대 당장의 결혼으로 얻을 수 있는 지위 가문 도덕성 같은 것들도, 추후 노력으로 가질 수 있는 것임을 미리 알았다면 어땠을까. 달라졌을 수도, 그렇지 않을 수도 있을 것이다. 그렇게 하지 않은 아처의 선택이 실패한 것도 아니겠지만, 그래도 후회는 줄어들지 않았을까.

중요한 것은 지금 이 순간의 계산된 선택이나 계획이 아니라, 넓게 오래 볼 수 있는, 기다림이 가져다줄 수 있는 시야가 아닐까 싶다. 눈앞의 현상이 아니라 그 원인을 찾으려는 행동, 이미 지나간 결정이 남긴 무늬까지 되짚으려는 겸손, 애초에 누가, 언제, 무엇을 놓쳤는지를 기꺼이 질문하는 자세 같은 것들 말이다. 다만 그런 삶은 느리고, 비효율적이라서 종종 앞서가는 이들에게 조롱당할 수도 있다.

그래도 여전히 나는 믿는다, 시야의 힘을.

계획보다 중요한 것은 방향이고 태도라는 것을.

염색에 대한 이야기로 마무리할까 한다. 다시 말하지만, 애쉬그레이로 염색하려면 탈색 과정을 거쳐야 한다. 머리카락에 뿌리 깊게 박힌 색소를 다스리는 기다림의 시간이다. 염색의 업스트림이다.

충분하다,

덕분에 좋았다면

부고를 받으면 마음이 어지럽다. 가던 걸음을 멈추고, 일정을
비우고, 문상 갈 준비를 한다. 상가에 도착해 영정사진을
마주하는 순간에서야 안도감이 든다.

고인이 말을 건네는 듯하다.

"와줘서 고맙다. 잘 살다 간다."

요즘은 그렇지 않지만, 예전엔 문상 뒤에 술을 마셨다.
육개장과 소주를 앞에 두고 고인과의 기억을 나누던 허영만
화백의 〈식객– 육개장 편〉이 생각나는 장면이다. 육개장은
떠나는 이와 남은 이를 잇는 음식이다. 얼큰한 국물은 슬픔을
데우고, 이별의 의식을 완성한다. 죽음은 식탁까지 침범해, 살아
있는 이들에게 삶의 연속을 상기시킨다. 어느 장례식에서는
국물 한 모금에 참았던 울음이 터졌다. 음식은 어떤 말보다
정직하다. 죽음은 누구에게나 온다. 수천 년 동안 인류가
해독하려 했지만, 끝내 남은 것들 중 하나다. 어떤 해석은 아예
인간의 생 자체가 죽음을 향한 여정이라고도 말한다. 안톤
체호프의 단편 〈관리의 죽음〉은 별것 아닌 일이 천천히 일상을
파고들어 결국 삶의 끄트머리를 끊어놓는 과정을 보여준다.

마지막 문장은 건조하다.

"그리고…… 죽었다."

레프 톨스토이의 〈이반 일리치의 죽음〉은 또 다른
방식으로 종말을 전한다.

"이렇게 기쁠 수가…… 끝난 건 죽음이야. 이제 더 이상
죽음은 존재하지 않아."

미국 철학자 셸리 케이건은 《죽음이란 무엇인가》에서
죽음이 삶을 의미 있게 만든다고 했다. 그 유한성 덕분에 우리는
선택과 성장, 사랑을 경험할 수 있다고 했다. 그렇게 죽음은
끝이 아니라, 삶에 의미를 부여하는 외곽선이 된다.

죽는 법은 사는 법과 다르지 않다. 한 번 사는 인생을
말하지만, 어쩌면 진실은 한 번 죽는 인생일지도 모른다. 그
한 번 죽는 삶을 향해 매일을 살아가는 것이다. 그러니 너무
애쓰지 않아도 된다. 오늘을 과하게 끌어안지 말자. 내일을
미리 걱정하지도 말자. 가끔은 무너져도 괜찮다. 죽음을 아는
사람만이 삶을 가볍게 여길 수 있다. 무해한 농담처럼, 쓰다 만
메모처럼, 허술하고 느슨한 삶이 오히려 진짜일지 모른다. 설사

현실이 너무너무 힘겹더라도, 이쯤은 별것 아니라고, 견딜 수 있다고 위로해도 좋겠다. 스스로에게 주문을 건다. 남을 속이는 건 어렵지만, 자신은 얼마든지 속일 수 있다. 그렇게 달래며 살다 보면 언젠가 죽음 앞에서도 지나치게 놀라지 않을 수 있지 않을까. 다만 죽음을 향한 시선은 유지하면 어떨까. 삶이 더 잘 보일 것이다.

폴란드 시인 쉼보르스카의 유고 시집 제목은 《충분하다》이다. 그녀의 유언장에는 살면서 겪었던 모든 일들과도 화해를 청한다고 적혀 있다. 인생이란 결국 화해의 예술일지도 모른다. 사랑하지 못했던 순간들과, 사과하지 못한 관계들과, 끝내 이해하지 못한 나 자신과의. 죽음 또한 화해의 저녁 식사와 같다. 숟가락을 내려놓고, 고개를 숙이고, 이 세상과의 대화를 조용히 마무리하는 일이다. 그 자리에 육개장 한 그릇 놓여 있다면, 그 또한 괜찮을 것이다.

시인 조지훈의 〈꿈 이야기〉 한 대목은 이렇다.

"문을 닫고 나와서 보면
그것은 문이 아니었다."

삶과 죽음은 벽이 아니라 문이며, 문은 결국 통로다. 그 문을 통과할 때, 그간 우리가 무엇을 보았는지가 남는다.

나는 적당히 살다가 적당히 가고 싶다. 묘비명을 굳이
남긴다면 이렇게 쓰여도 좋겠다.

"지각은 했지만, 결석은 안 했다."

진지하게 살고자 했고, 누구에게나 도움이 되는 사람이
되고 싶었다. 그러나 현실은 달랐다. 계획은 늘 장대했지만,
실행은 대개 지연되거나 보류되었다. 나름 하루하루 애쓰긴
했다. 아주 조금씩이나마 나아지려고도 했다. 그래도 바람이
있다면, 한두 명쯤은 나를 기억해줬으면 한다. 어느 추운 겨울날
상가에 와서 뜨거운 육개장을 떠먹으며, 이렇게 말하는 사람이
있었으면 한다.

"그 양반, 좀 허술했는데 밉지 않았어. 덕분에 좋았지."

그 정도면, 나도 충분하다.

에브리데이스

굿 데 이 !

에브리데이스

굿 데 이 !

한동안 행복이라는 말을 입에 올리는 게 어려웠다. 말로 뱉으면 사라질까 두려운 적도 있었다. 어떤 때에는 유치해 보였고, 어떤 시절엔 사치스럽기까지 했다.

그래서 누군가 행복하냐고 물으면 대개 "글쎄" 또는 "그럭저럭"이라고 답했다.

어릴 땐 자주 썼던 것 같다. 학급 문집에, 가족 여행에, 친구와의 장난 속에 툭 뱉었다. 그러다 스무 살이 넘으면서부터는 달라졌다. 그 단어가 혀끝에 걸렸다. 시험, 성적, 취업, 결혼, 이직, 미래 같은 것들과 엉켜버렸기 때문이다. 그렇게 행복은 목젖 너머로 숨었다. 행복은 동서고금 인류의 숙제였다. 오복을 누리고 육극을 피하고자 했던 중국 상고시대의 행복론*에서부터, '파랑새 증후군'의 원조가 된 모리스 마테를링크의 희곡《파랑새》까지, 수많은 사유가 그 단어를 붙들었다.

---

*   오복은 수壽·부富·강녕康寧·유호덕攸好德·고종명考終命이며, 육극六極은 흉단절凶短折·질疾·우憂· 빈貧·악惡·약弱을 말한다. 〈사서삼경〉 중의 하나인 서경에 나온다.

18세기 영국의 시인이자 평론가였던 새뮤얼 존슨의 《라셀라스》라는 작품도 행복 찾기 시도 중의 하나다. 부와 권력이 넘치는 '행복의 골짜기'에 사는 라셀라스 왕자는 보통 사람들의 삶을 탐색하기 위해 길을 나선다. 긴 여정 끝에 그가 얻은 결론은 대단한 게 아니었다. 마지막 49장의 제목처럼, '결론이 아무것도 없는 결론'이었다. 떠난 이유도, 돌아온 마음도 정확한 말로 남지 않았다. 남은 것은 질문뿐, 그저 계속 살아내야 한다는 허무한 충고였다.

행복론은 종종 회의주의에 빠진다.

그럴 수 있다.

그럼에도 불구하고 행복은 여전히 좋은 것이다. 원하는 것이다. 수많은 상품의 광고 카피에, 기업 슬로건에 행복의 날개가 펼쳐진다. 문제는 갖고 싶다고 가질 수 있는 것이 아니라는 점이겠다. 심지어 품고 있어도 모를 때도 많다.

요즘에 누가 내게 행복을 물으면 예전처럼 "글쎄"라고 답하지 않는다.

대신, "좋은 날"이라고 한다.

행복이라는 단어에는 너무 많은 속임수가 있다는 걸 이젠 잘 안다. 오늘 하루도 무사히 지냈는지, 누군가의 기다림에 응답했는지, 지나치게 희망차거나 허망하지 않았는지를 잠시라도 돌아볼 수 있으면 충분하다고 믿는다.

중장기 전략회의가 있던 날이었다. 발표 도중 질문과
비판이 칼처럼 날아들었다. 방패도 없이 여기저기 사정없이
찔렸다. 회의가 어떻게 끝났는지, 남은 일과를 어떻게 마쳤는지,
집에 어떻게 돌아왔는지조차 기억나지 않는다.

현관문을 열자 딸아이가 서 있었다.

"아빠 왔네."

"응, 안 잤네?"

얼굴 보며 이야기를 나눈 게 얼마 만인지 까마득했다. 아,
오늘도 나쁜 날은 아니었구나, 괜찮은 날이었구나. 속으로 내가
웃었는지 울었는지는 모르겠다.

박준 시인은 에세이집 《계절산문》에 이렇게 썼다.

"살아가면서 좋아지는 날들이 더 많았으면 합니다.
대단하게 좋은 일이든, 아니면 오늘 늘어놓은 것처럼 사소하게
좋은 일이든 말입니다. 이렇듯 좋은 것들과 함께라면 저는
은근슬쩍 스스로를 좋아할 수도 있을테니까요."

잘 먹고 잘 자고, 잘 씻고 잘 걷고, 그렇게 잘 버티면 된다.
그리고 매일 아침, 누군가의 작은 발소리에도 귀를 기울일 수
있다면, 그것만으로 괜찮겠다.

음악 앱 플레이리스트를 열면 보이넥스트도어의 노래들이

제법 있다. 그중 '굿데이'란 곡이 있다. 사랑했던 사람과 헤어진 후에도 (어이없이) 계속되는 평범한 일상을 가사에 담았다. 새로운 아침, 둘이었다가 혼자가 된 바로 그날의 이야기다. 그런데도 여전히 로맨틱하다. 혼자가 된 첫날에도 행복이 숨어 있다.

여전히 좋은 날이다.

오늘도 좋은 날이다.

쉰 살이 넘어서야 오늘이, 매일매일이 좋은 날이라는 것을 믿게 됐다.

나가며

그들이 없다면
나는 아무 것도 아니다

직장을 여러 번 옮겼다.

군 전역 후 은행원으로 시작해 기자, 벤처 창업, 대기업 임원, 공무원, 공공기관 대표, 민간기업 CEO까지 이력서에 적으면 열 곳이 넘는다. 주위에서는 묻는다. 비결이 뭐냐, 어디가 제일 좋았냐. 어떤 면에서는 모두 좋았고, 또 다른 면에서는 전부 좋지는 않았다. 예컨대 열 번 직장을 바꿨다는 건 아홉 번 직장을 그만뒀다(잘렸다)는 뜻이다.* 한 직장에서 오래 일한 사람도 부럽다. 월급을 5백 번 받은 '500클럽'**은 그야말로 꿈의 숫자다. 41년 이상 근속해야 얻는 영예다.

조언을 구하는 사람들이 많았다. 신입사원부터 퇴직자까지, 커리어와 전직, 조직 생활과 인간관계, 리더십에 대해 물었다.

---

*　　직장을 잃는 것은 매우 쉽고, 얻는 것은 무지 어렵다는 게 문제였다. 준비된 상태로
　　내려놓은 적도 있었지만, 그렇지 않은 때도 많았다. 특히 후자의 경우에는 시간은 마음을
　　할퀴고, 타인의 시선은 몸을 뒤튼다. 그 힘든 시절을 곁에서 견뎌낸 가족들에게
　　깊은 감사를 전한다.

**　'500클럽'에 들어가려면 무려 41년 8개월 동안 회사에 다녀야 한다.
　　스물에 입사한다고 해도 예순둘까지다.

어떻게 해야 직장 생활을, 일상생활을 더 잘할 수 있느냐고
물었다. 제대로 된 답을 내놓지는 못했다. 다만 현재의 상황을
질문자와 함께 꼼꼼히 살펴봤다. 과거를 돌아보고 미래를
내다보자고 했다. 그리고 난 뒤 그에게 다시 물었다. (네가 스스로
생각하는) 너는 무엇이냐, 왜 그렇게 생각하느냐. 그런데 마지막
질문은 번번이 내 자신에게 돌아왔다.

　　"나는 무엇을 아는가? Que sais-je? "

　　이 질문은 내가 만든 게 아니다. 16세기 르네상스 시대의
사상가 몽테뉴에게서 빌려왔다. 그의《에세》는 늘 곁에 두고
읽는 책이다. 그의 삶과 생각에는 나와 닮은 점이 많다. 적당히
얼버무리며, 적당히 체념하는 태도까지도 그렇다. 삶은 원래
힘겹고, 노동은 본래 피곤하다. 몽테뉴의 16세기 프랑스나 지금
이곳이나 다르지 않다. 심지어 너 자신을 알라고 강조했던 2천
년 전 소크라테스의 그리스 역시 마찬가지였다. 삶의 공개된
비밀 중 하나는 '정답은 없다'는 것이다. 정답은 질문하는 자
앞에서만 아주 잠시 윤곽을 드러낼 뿐이다.
　　요즘에도 나는 종종 묻는다. 좋은 삶은 어떤 삶인가. 즐거운
노동은 어떤 것인가.
　　정답이 없다고 질문을 멈추면 성찰도 멈춘다. 특히 젊은

시절의 질문은 성장의 틈을 만든다. 정답은 없어도 질문은
남아야 한다. 질문이 살아 있는 한, 삶도 멈추지 않는다. 모든
생각과 질문 속에는 함께 사는 일의 즐거움과 고단함이
묻어 있다. 아내와 딸, 강아지와 고양이, 부모와 친구, 동료와
선후배들. 그중에서도 공간과 시간을 오래 나누는 반려생명은
내 삶의 주인공들이다.

그리고 이제는 나도 하나쯤은 알 것도 같다.

모든 질문은 그들을 향한다는 것을.

그들이 '무엇'이고, '왜'이다.

그들이 없다면, 나는 아무것도 아니다.

부록

함께 읽으면 좋은 책들

연결 확장형 글쓰기는 몽테뉴가《에세》에서 시도했던 것이다. 20세기 혁신 경영자 스티브 잡스는 이와 유사한 커넥팅 닷츠형 사고를 비즈니스 세계에서 펼쳐냈다. 다양한 변주와 창조를 할 수 있다는 점에서, 비움과 채움을 넘나들 수 있다는 점에서 매우 유용한 방법이라고 생각한다.

다음은 각각의 글에서 인용되었거나 생각의 단초를 제공했던 독서 목록의 일부다.

《에세》

미셸 드 몽테뉴 저, 심민화·최권행 역, 민음사, 2022

16세기 프랑스의 작가, 철학자, 법관, 정치인, 외교관이었던 몽테뉴의 필생의 역작. 이 책이 큰 울림을 주는 것은 몽테뉴 스스로 기록했던 것처럼 순박함과 진실한 태도는 시대를 초월해 통하기 때문일 거다. 그것 외에 무엇이 영속적 위기의 시대, 우리를 더 잘 지켜줄 수 있을까.

《위로하는 정신》

슈테판 츠바이크 저, 안인희 역, 유유, 2012

츠바이크가 독특한 시각으로 조명한 몽테뉴 전기. 말년의 츠바이크는 몽테뉴가 둘도 없는 친구가 되었다고 고백했다. 시련을 겪어야만 몽테뉴의 지혜와 위대함을 존중할 수 있게 된다는 것을 알게 됐다고도 했다.

《에세이즘》

브라이언 딜런 저, 김정아 역, 카라칼, 2023

에세이는 시도하는 것이지만, 포기하는 것이기도 하다. 에세이에 대한 딜런의 정리는 이 책의 구조와 글쓰기 스타일에 영감을 줬다.

《2666》
로베르토 볼라뇨 저, 송병선 역, 열린책들, 2023
볼라뇨의 대표작. 여러 개의 독립적인 이야기들이 얽히고설키며 거대한 서사를 만들어간다. 이상하게도 다 읽고 나면 (기억이 잘 나지 않아), 다시 읽고 싶어진다. 한국어 번역으로 1,752쪽에 달하는 벽돌책이다.

《인간으로 사는 것은 하나의 문제입니다》
김영민 저, 어크로스, 2021
그의 글은 따뜻한 냉탕이다. 유머와 페이소스가 잘 녹아 있다.

《히든 포텐셜》
애덤 그랜트 저, 홍지수 역, 한국경제신문, 2024
재능보다 잠재력이 중요하다고 주장하며, 꾸준한 노력을 강조한다. 고지식한 결론만 빼면 매우 훌륭한 책이다. (이런 종류의 책은 결론만 읽으면 읽지 않는 것만 못하다.)

《논어》

공자 저, 김형찬 역, 현암사, 2020

역자는 공자를 너무 평범해서 오히려 범상치 않은 인물이라 보았다. 현실과는 동떨어진 진리를 말하는 사람의 답답함을 느꼈다고 했다. 그럼에도 불구하고《논어》는 자기 인생의 한 덩이를 쪼개 줄 만한 가치가 있다고 고백했다.

《스토너》

존 윌리엄스 저, 김승욱 역, 알에이치코리아, 2015

사랑과 삶에 대한 최고의 소설. 윌리엄스는 사랑이란 무언가 되어가는 행위, 순간순간 하루하루 의지와 지성과 마음으로 창조되고 수정되는 상태라 했다. 사랑 속에서 그렇게 우리는 세상 일부가 된다.

《종의 기원》

찰스 로버트 다윈 저, 장대익 역, 사이언스북스, 2019

원제는《자연선택의 방법에 의한 종의 기원, 즉 생존 경쟁에서 유리한 종족의 보존에 대하여On the Origin of Species by Means of Natural Selection, or the Preservation of Favoured Races in the Struggle for Life》이다. 여러 책을 읽다가, 다윈으로 돌아가는 경험을 자주 한다. 한 번에 다 읽기는 어렵고, 천천히 끈질기게 읽어야 한다.

《울프가 읽은 작가들》

버지니아 울프 저, 김금주·김영주·김요섭·김정 역 외 13명, 솔, 2022

울프는 끊임없는 질문을 통해 시대와 사회의 징후를 읽어냈다. 두려워하지 않았다. 끔찍할 정도로 민감한 마음으로 글을 써 내려갔다. 예전에는 울프와 교감하기 어려웠는데, 요즘에는 달라졌다. 한동안 제법 크게 떨린다.

《운명론자 자크와 그의 주인》

드니 디드로 저, 김희영 역, 민음사, 2013

밀란 쿤데라가 18세기 가장 위대한 소설이라 칭했던 작품이다. 쿤데라는 이 소설을《자크와 그의 주인-드니 디드로에게 바치는 3막짜리 오마주》로 변주했다.

《돈키호테》

미겔 데 세르반테스 저, 열린책들, 2014

성경 다음으로 지구상에서 가장 다양한 언어로 번역된 책. 이 번역본은 두 권으로 구성된 벽돌책인데, 베고 잘 시간이 없다. 나의 인생 소설 중 하나다.

《마쓰시타 고노스케 길을 열다》

마쓰시타 고노스케 저, 김정환 역, 21세기북스, 2025

마쓰시타 회장의 경영철학과 인생을 담은 책. 인내, 열정, 순응, 도전 등 입에 쓴 약 같은 말씀들이 잔뜩 들어 있다. 도무지 거부할 수가 없다.

《변신이야기》

오비디우스 저, 이윤기 역, 민음사, 1998

서사시 형식으로 그리스 로마 신화를 집대성한 작품. 고 이윤기 선생이 번역했다. 이 선생 덕분에 접한 책들이 많다. 너무도 큰 신세를 졌다.

《입 속의 검은 잎》

기형도 저, 문학과지성사, 2000

기형도의 유고 시집. 일상에 내재하는 폭압과 공포의 심리구조를 추억의 형식을 통해 독특하게 표현한 시 60편이 담겨 있다. 처절하고 아름답다.

《외면일기》

미셸 트루니에 저, 김화영 역, 현대문학, 2004

미셸 트루니에 선생은 글을 더 잘, 쉽게 쓰려면 사람들,

동물들, 사물들 같은 외적인 세계 쪽으로 눈을 돌린 일기를
쓰라고 했다. 글 쓰는 삶에 대한 보석 같은 조언이 담겨 있다.

《삼미 슈퍼스타즈의 마지막 팬클럽》

박민규 저, 한겨레출판, 2020

'무규칙 이종 소설가' 박민규의 꼴찌 응원가. '너구리'
장명부 투수가 덩달아 생각나는 소설이다. 장명부는 1983년
100경기 중 60경기에 나왔고, 427과 1/3 이닝을 던졌다.
36번의 완투와 26 완투승을 포함해 30승을 올렸다.

《우아하고 감상적인 일본 야구》

다카하시 겐이치로 저, 박혜성 역, 웅진지식하우스, 2017

이해하기 어려운 산만한 줄거리지만, 읽다 보면 다 읽을 수
있다.

《게으를 권리》

폴 라파르그 저, 차영준 역, 필맥, 2009

폴 라파르그의 산문집. 표제작인 〈게으를 권리〉는
1883년에 발표됐다. 하루 세 시간 이상 일하지 못하도록
결단해야 한다고 주장한다. 근데, 마르크스의 사위라면
금수저일까.

《게으름에 대한 찬양》

버트런트 러셀 저, 송은경 역, 사회평론, 2005

영국의 철학자, 수학자, 작가 러셀이 쓴 수필집이다.
1935년에 출판됐다. 하루 네 시간만 일해도 전체 인구가
충분하게 생활할 수 있으며, 나머지 시간을 여가 또는 게으름에
쓸 수 있다고 했다.

《피로사회》

한병철 저, 김태환 역, 문학과지성사, 2012

의학서가 아니다. 현대인이 만성피로에 찌들어 사는
이유를 철학적으로 풀어냈다. 현대인은 고약하게도 끊임없는
자기 착취로 피해자인 동시에 가해자가 된다. 한병철의 책은
길지 않은 데다 깊은 생각임에도 문장이 아름답게 흘러 자주
찾게 된다.

《무지의 즐거움》

우치다 다쓰루 저, 박동섭 역, 유유, 2024

읽히지 않는 책도 그냥 읽는다. 완전한 이해를 원한다면
재독, 삼독한다. 이해할 수 있는 말보다 몸속에 머문 말이
중요하다. 우치다 선생은 작가로서 최고 영예는 자기가 쓴
문장이 누군가의 몸에 스며들어서 거기서 오랜 시간을 보낸

뒤에 어느 날 그 사람의 말로 재생되는 것이라며, 그런 문장을 쓰고 싶다고 했다. 공감 백배다.

《오직 독서뿐》

정민 저, 김영사, 2013

우리 삶의 구원은 책 읽기를 통해서 온다. 그러니 밥 먹듯이 읽고, 숨 쉬듯이 읽어야 한단다. 말이 쉽지, 그걸 어찌할까. 하지만 일단 읽고, 걱정은 나중에.

《산책》

로베르트 발저 저, 박광자 역, 민음사, 2016

동네 산책에서 원정까지, 걷는 일에 꼭 같이하고 싶은 생각들. 요즘에는 레베카 솔닛의 《걷기의 인문학》이나 《길 잃기 안내서》도 좋다.

《봄은 깊어》

나쓰메 소세키, 다자이 오사무, 아쿠타가와 류노스케 등 19명 저, 박성민 역, 시와서, 2022

일본 작가들의 수필 선집. 소세키, 오사무 등 열아홉 명의 작가들의 수필 마흔다섯 편이 실려 있다. 솔직하면서도 아름다운 글쓰기에 대해 생각하게 한다.

《그 개와 같은 말》

임현 저, 현대문학, 2017

임현의 첫 소설집. 그의 글에는 답이 없는 질문들이 촘촘히 박혀 있다. 그 질문들에 고개를 끄덕이게 되는 게 함정이자 매력이다.

《백협전기》

황성 저, 미스터블루, 2023

종종 무협지를 읽는다. 황성 화백의 작품이 모두 훌륭한 건 아니지만, 몇몇은 진짜 명작이다. 그런 작품에는 훌륭한 말씀들이 알알이 박혀 있다.

《나, 프랜 리보위츠》

프랜 리보위츠 저, 우아름 역, 문학동네, 2022

여성, 레즈비언, 유대인, 뉴요커, 비평가, 에세이스트. 리보위츠를 설명하는 단어들은 많다. 엄청난 다독가이기도 하다. 책은 거울이 아니라 문[門]이라고 강조한다.

《모국어는 차라리 침묵》

목정원 저, 아침달, 2021

공연에 관한 이야기, 아름다움에 관한 이야기, 결국 삶에 관한 이야기가 담겨 있다. 시선은 차갑고, 문장은 단정하다.

《그 일 말고는 아무 일도 일어나지 않았다》

김유태 저, 문학동네, 2021

김유태 시인의 첫 시집. 일상과 내면의 불안을 독특한 이미지와 언어로 풀어냈다. 시를 읽는 것은 기업 경영에 매우 유용하다. 사물과 관계를 보는 다른 눈, 다른 말이 있음을 알게 한다.

《나라 없는 사람》

커트 보니것 저, 김한영 역, 문학동네, 2007

보니것은 유머가 인생이 얼마나 끔찍한지를 한발 물러서서 안전하게 바라보는 방법이라고 했다. 제2차 세계대전 중 드레스덴 폭격을 직접 경험했기에 가능했으리라. 가끔 그의 문체를 흉내 내다가 막히면 이렇게 중얼거린다. "뭐, 그런 거지As it goes."

《전쟁과 평화》

레프 톨스토이 저, 박형규 역, 문학동네, 2017

10년마다 한 번씩 통독하면 좋다는데, 아직 두 번밖에 읽지 못했다. 1805년에서 1820년까지 러시아 역사의 결정적 시기를 재현했다. 등장인물만 총 559명이다.

《내가 틀릴 수도 있습니다》

비욘 나티코 린데블라드 저, 박미경 역, 다산초당, 2024

숲속의 현자 나티코 자신의 이야기와 깨달음을 담은 그의 처음이자 마지막 책이다. 2020년 말 스웨덴에서 첫 출간됐다.

《오디세이아》

호메로스 저, 박문재 역, 현대지성, 2025

《일리아드》와 함께 고대 그리스 문학의 양대 서사시로 불리는 불후의 고전, 서양 문화의 입문서. 영국의 BBC가 오늘날 우리의 세계를 형성한 백 개의 이야기를 뽑았는데 그중 1위다.

《남아 있는 나날》

가즈오 이시구로 저, 송은경 역, 민음사, 2021

2017년 노벨문학상 수상 작가 이시구로의 대표작. 세대의 충돌, 일과 윤리, 위대함과 정직함에 관한 통찰이 담겨 있다. 이 책을 읽고 나면 이삼일은 앓아눕게 된다.

《공간과 장소》

이-푸 투안 저, 윤영호·김미선 역, 사이, 2020

1977년 출간된 이후 끊임없이 찾는 인문지리학의 고전. 공간에 가치를 부여하면 그곳은 장소가 된다. 공간은 물리적 차원, 장소는 감정적 차원이다. 장소애라고 표현해도 좋겠다.

《폭풍의 한가운데》

윈스턴 처칠 저, 조원영 역, 아침이슬, 2003

처칠은 모든 것을 이해하면 모든 것을 용서할 수 있다고 했는데, 내 생각은 다르다. 모든 일은 이해할 수는 있지만 어떤 일은 용서할 수 없다. 내가 그보다 속이 좁은 것인가.

《설득》

제인 오스틴 저, 전승희 역, 민음사, 2017

애정이라는 감정이 결혼이라는 제도로 진입하는 과정은 필연적으로 갈등을 가져온다. 계급과 자본은 늘 벽이 된다. 이 주제에 관한 한 오스틴이 최고이며,《설득》은 그의 작품 중 최고(라고 생각한)다.

《세 살 버릇 여름까지 간다》

이기호 저, 마음산책, 2017

이야기(속칭 구라)가 소설가에게 가장 중요한 일이고, 이야기의 핵심이 삶의 찌질함에 대한 것이라고 생각한다면 현재 한국에서는 이기호가 최고(라고 생각한)다.

《프로테스탄트 윤리와 자본주의 정신》

막스 베버 저, 박문재 역, 현대지성, 2018

베버는 현대의 우리는 자본주의 시스템에 갇혀 있다고 했다. 더 이상 종교적 목적이나 소명 없이, 시스템이 요구하는 방식대로, 자유를 상실한 채 살아간다고 했다. 책이 나온 지 한 세기가 훨씬 더 지났는데, 그의 진단은 여전히 유효하다.

《예언자》

칼릴 지브란 저, 류시화 역, 무소의뿔, 2018

삶의 다양한 질문들과 그 해답을 향한 잠언집. 사랑, 결혼, 일, 자유, 죽음 등 보편적인 인간의 경험을 성찰한다. 청소년기에 읽어봤겠지만, 지금 다시 펼쳐보기를 권한다.

《나는 나의 삶을 살고 있습니다 : 릴케의 기도시집》

라이너 마리아 릴케 저, 김재혁 역, 민음사, 2025

20세기 위대한 시인.《두이노의 비가》,《말테의 수기》 등 문학사에 오래 남을 걸작을 남겼다. 윤동주의 시 〈별 헤는 밤〉에도 릴케의 이름이 등장한다.

《좋은 리더를 넘어 위대한 리더로》

짐 콜린스·빌 레지어 저, 이경식 역, 흐름출판, 2024

지속적이고 일관된 원칙, 올바른 사람, 명확한 비전, 그리고 철저한 실행이 결합할 때 위대한 기업이 된다. 기업 하는 사람들에게 물어보면 다들 안다고 하지만, 위대한 기업은 여전히 드물다. 아는 것과 행하는 것은 다르다.

《어느 개의 죽음》

장 그르니에 저, 윤진 역, 민음사, 2020

프랑스의 철학자이자 작가인 그르니에가 반려견 타이오의 죽음 후 약 한 달 동안 쓴 단상들을 엮어냈다. 몇 줄만 읽어도 눈물이 흘러, 짧은 책인데도 전부 읽는 데 시간이 오래 걸린다. 개에 대한 모든 욕들은 사라져야 한다.

《거침없이 내성적인》

이자켓 저, 문학과지성사, 2023

이율배반의 단어를 한데 묶었다는 건, 어울리지 않는 것의 어울림을 이야기하고 싶은 시인의 속마음 때문이었을 거다.

《픽션들》

호르헤 루이스 보르헤스 저, 송병선 역, 민음사, 2011

보르헤스가 쓴 단편소설 열일곱 편을 엮은 책. 진리라는 이름으로 수용되거나 이성적으로 포장된 모든 것이 결국

인간이 만들어낸 또 다른 허구다. 현실의 허구성, 허구의
현실성이라고 부를 수 있겠다. 미로의 이미지가 너무도 강하기
때문인지, 보르헤스를 읽으면 한동안 어지럽다.

《개구리극장》

마윤지 저, 민음사, 2024

누군가는 마윤지를 향해 어른의 세계에 살면서 아이를
잃지 않는다고 했다. 젊어서, 젊기 때문에 그렇게 이야기했을
것이다. 이후로도 오랫동안 젊은이였으면 좋겠다.

《레이디 L》

로맹 가리 저, 백선희 역, 마음산책, 2019

19세기 유럽을 무대로 한 역사소설. 로맹 가리의 사상적
동지 샤를 드골이 가장 좋아한 소설로도 유명하다. 내가 당신을
사랑해야만 했을까요, 이 물음이 책을 덮은 후에도 한참 동안
허공에 떠 있었다.

《영혼의 자서전》

니코스 카잔차키스 저, 안정효 역, 열린책들, 2009

끔찍한 재난을 지켜보며 아버지는 말한다. 우리들은
없어지지 않았다고. 언제나 남은 자들이 해야 할 일이 있다고.

카잔차키스는 1957년 세상을 떠났는데, 이 책은 1961년
출간됐다. 《그리스인 조르바》, 《붓다》도 같이 읽으면 좋다.

《가벼운 나날》

제임스 설터 저, 박상미 역, 마음산책, 2013

설터의 문장은 번역되어도 서늘함을 잃지 않는다. 줌파
라히리는 그의 소설에 부끄러울 정도로 큰 빚을 졌다고
고백했다. 나도 그렇다.

《노년》

시몬 드 보부아르 저, 홍상희 박혜영 역, 책세상, 2002

보부아르는 예순두 살에 이 책을 썼다. 노년의 문제를
자신의 문제로 읽고 답을 찾고자 했다. 읽고 나면, 늙음이 조금
덜 두렵다.

《달리기를 말할 때 내가 하고 싶은 이야기》

무라카미 하루키 저, 임홍빈 역, 문학사상, 2009

글을 쓰는 힘은 엉덩이에서 나온다고 한다. 재능은
오히려 덤이다. 책의 제목은 카버의 《사랑을 말할 때 우리가
이야기하는 것》에서 빌려왔다. 하루키 덕분에 피츠제럴드와
카포티, 브라우티건, 보니것, 챈들러, 카버를 읽었다.

《늙어감에 대하여》

장 아메리 저, 김희상 역, 돌베개, 2014

노화는 가장 깊은 자아의 변화다. 아메리는 늙어감의 진실에 타협하지 않고 접근했다. 삶의 균열을 집요하게 들여다본 철학적 수기.

《인생의 짧음에 대하여》

루키우스 안나이우스 세네카 저, 박문재 역, 현대지성, 2025

스토아철학의 대표 사상가. 정치인이자 작가. 인생이 짧은 게 아니라, 우리가 짧게 살고 있을 뿐이라는 선언이 뼈를 때린다.

《잃어버린 시간을 찾아서》

마르셀 프루스트 저, 김희영 역, 민음사, 2015

의식의 흐름을 따르는 독특한 서술 방식, 집요할 정도로 세밀하게 인간 내면과 시대상을 담아낸 걸작. 소설이 도달할 수 있는 극한, 20세기 소설의 혁명이라는 찬사가 따라다닌다. 읽기 쉽지 않다. 몇 년에 걸쳐 여러 차례 시도했지만 아직 마지막 권을 펼쳐보지 못했다.

《역사의 개념에 대하여/폭력비판을 위하여/
초현실주의 외》
발터 벤야민 저, 최성만 역, 길, 2008

벤야민의 독창적인 세계관을 담은 에세이. 역사를 단선적
진보가 아닌, 끊임없이 재해석되고 구원되어야 할 대상으로
본다. 벤야민은 작정하고 읽어야 한다. 언젠가는 제대로 읽으리라
다짐하며 벤야민 책을 하나둘 모았는데, 이미 한 보따리가 넘는다.

《시간은 흐르지 않는다》
카를로 로벨리 저, 이중원 역, 쌤앤파커스, 2019

양자중력이론의 선구자이며 세계적인 물리학자 로벨리의
저서. 시간에는 순서도 질서도 없다, 흐름이 없다. 인간의 세계는
우주에게 '보편'이 아니라 '특수'의 경우다. 그러므로, 더 착하게
사는 수밖에 없다.

《이토록 평범한 미래》
김연수 저, 문학동네, 2022

우리 시대 가장 치열하게 쓰는 작가 중 하나. 그가 빚어
세상에 내놓은 작품들은 거의 다 찾아 읽었다. 어두운 시간에서
길어 올린, 빛으로 가득한 몸들의 이야기들을 담았다.

《폭풍의 언덕》

에밀리 브론테 저, 김종길 역, 민음사, 2005

마흔에 다시 읽었다. 열다섯 때와는 달랐다. 그땐 스토리를 좇았고, 지금은 사람을 읽는다. 그땐 판단했고, 이제는 수용한다.

《왜 고전을 읽는가》

이탈로 칼비노 저, 이소연 역, 민음사, 2008

고전은 언제나 오늘을 위한 책이라고 말한다. 다시 읽는 것, 그것이 진짜 독서다. 나이 들면 기억력이 흐려져 다시 읽어도 처음 읽는 것 같다. 그래서 더 좋다.

《문학의 공간》

모리스 블랑쇼 저, 이달승 역, 그린비, 2010

어렵지만 포기할 수 없는 문장이 있다. 문학이 언어의 심연으로 어떻게 들어가는지 보여준다. 이해되지 않아도, 일단 읽고 본다.

《나는 세계와 맞지 않지만》

진은영 저, 마음산책, 2024

세상과의 불화에서 태어난 언어. 독서는 본질적으로 불화의 행위라는 것을, 이제는 믿는다.

《새로운 오독이 거리를 메웠다》

이수명 저, 문학동네, 2020

오독은 새로운 의미를 만든다. 특히 종이책은 그런 여백을 품고 있다. 틀려도 괜찮다. 그것도 하나의 독서인 것을. 이수명의 글은 일단 머리를 서늘하게 하는데, 시차를 두고 가슴을 따뜻하게 하는 매력을 품고 있다.

《엉덩이즘》

헤더 라드케 저, 박다솜 역, 알에이치코리아, 2024

신체에 담긴 문화적 상징을 탐구한다. 엉덩이는 그렇게 단순한 존재가 아니다. 뒷모습의 초점이 되기도 한다. 뒷모습은 사회적 메시지를 품는 하나의 정치다. 우리나라 기자들도 이런 류의 책을 많이 시도했으면 좋겠다.

《위대한 영화》

로저 에버트 저, 윤철희 역, 을유문화사, 2019

할리우드를 대표하는 영화평론가 로저 에버트의 저서. 두 권으로 구성된 벽돌책이다. 영화가 다른 사람들의 마음으로 가는 문이라면, 이 책은 위대한 영화로 가는 입장권이라 볼 수 있겠다.

《뒷모습》

미셸 트루니에 저, 김화영 역, 현대문학, 2020

등 뒤에서 본 풍경은 늘 슬프거나 그립다. 프랑스식 회고의 미학이 깊이 배어 있다. 사진작가 에두아르 부바의 사진들이 함께 실려 있는데, 사진만 봐도 충분히 알 수 있다.

《뒷모습》

이규리 저, 문학동네, 2022

같은 제목, 다른 세계. 그래서 나란히 두었다.

《식객》

허영만 저, 김영사, 2003

먹는 이야기 같지만, 사실은 삶의 이야기다. 결국은 죽음까지 아우르는 이야기다. 주인공 이름이 진수와 성찬이었다. 결혼해 하나로 부르면 진수성찬.

《체호프 단편선》

안톤 파블로비치 체호프 저, 박현섭 역, 민음사, 2002

나보코프는 〈개를 데리고 다니는 여인〉을 인류 역사상 최고의 단편소설 중 하나로 꼽았다. 헤밍웨이, 울프, 몸, 맨스필드, 카버 등 20세기 위대한 소설가들에게 영향을 미쳤다. 나도 체호프같이 쓰기 위해 애쓴다.

《죽음이란 무엇인가》

셸리 케이건 저, 박세연 역, 웅진지식하우스, 2023

예일대학교 17년 연속 최고의 명강의를 책으로 옮겼다.

논리와 이성의 측면에서 죽음의 본질을 고찰했다. 죽음을

이야기하지만 결국 삶을 논하는 책이다.

《우정의 정원》

서영채 저, 문학동네, 2022

문학평론가 서영채 서울대학교 교수의 평론집. 혼자

힘으로 문학과 삶을 잇기가 어려울 때는 평론서를 읽으면 좋다.

평론가들의 글은 대개 힘이 많이 들어가 있어 부담스럽기도

하지만, 읽다 보면 익숙해진다.

《샤이닝》

욘 포세 저, 손화수 역, 문학동네, 2024

포세의 작품을 읽으려면 세심한 주의가 필요하다. 마침표,

쉼표와 같은 문장부호를 매우 독특하게 쓴다. 추운 나라 소설가의

따뜻한 소설.

《로드》

코맥 매카시 저, 정명목 역, 문학동네, 2008

《노인을 위한 나라는 없다》를 쓴 미국 소설가 매카시의

장편소설. 죽음을 앞둔 아버지와 살아남아야 하는 아들의 대화가

압권이다. 그리 길지 않아 한자리에서 읽을 수 있는데, 책을 덮고

나도 한참 동안 일어설 수 없게 한다. 2009년 영화로도 만들어졌다.

《존재하지 않는 기사》

이탈로 칼비노 저, 이현경 역, 민음사, 2010

중세 기사 문학의 형식을 빌린 이 소설에서 칼비노는 존재란

무엇인가, 우리는 무엇을 근거로 자기 자신이라고 믿는가를

끊임없이 묻는다.

《한시 러브레터》

강혜선 저, 북멘토, 2015

고려 후기부터 조선조까지 문인들이 편지로 주고받은 한시를

모으고 그 이면의 이야기를 더했다. 고전 한시를 소재로 한 순정

만화 같다. 촌스럽지만 진심은 그런 것이다.

《원펀맨》

ONE 원저·무라타 유스케 그림, 대원, 2025

주먹 한 방으로 모든 걸 해결하는 히어로 사이타마가
주인공인 B급 액션 만화. 애니메이션으로도 나왔다.

《추락》

J.M. 쿳시 저, 왕은철 역, 문학동네, 2024

사상 최초로 두 번째 부커상을 받았던 쿳시의 대표작. 오만한
자유주의 지식인의 몰락과 체념을 서늘하게 그렸다. 수치를 존재의
현 상태로 받아들이겠다는 주인공의 각성이 뼈를 때린다.

《하얀 성》

오르한 파묵 저, 이난아 역, 민음사, 2011

시간과 공간을 같이하며 두 사람은 닮아간다. 나의 경계가
흐려진다. 나는 누구인가, 나는 무엇인가를 끊임없이 묻는다.
2006년 노벨문학상 수상 작가 오르한 파묵의 세 번째 소설로 파묵
번역에 관한 한 독보적 경지에 오른 이난아가 작업했다.

《저는 내년에도 사랑스러울 예정입니다》

변윤제 저, 문학동네, 2023

2021년 등단한 시인 변윤제의 첫 시집. 명랑하고 쾌활한
상상력이 넘친다. 연말에 읽으면 더 좋은 시집.

《라셀라스》

새뮤얼 존슨 저, 이인규 역, 민음사, 2005

18세기 영국의 시인, 문학평론가 존슨의 풍자적 산문집. 존슨은 제인 오스틴에게 영향을 미쳤던 당대의 문장가다. 행복은 이상향이 아니라 의지의 결과물이라는, 현실적인 고전의 지혜가 담겨 있다.

《안나 카레니나》

레프 톨스토이 저, 연진희 역, 민음사, 2012

세계문학의 정점 중 하나로 평가받는 대작. 책의 두께가 부담스럽다면 영화부터 만나도 좋겠다. 여러 차례 영화로 만들어졌다. 최근 작품은 2013년 작으로 키이라 나이틀리와 주드 로가 주연을 맡아 원작의 숨결을 옮겨냈다.

《계절 산문》

박준 저, 달, 2021

산문이라고 하기엔 시 같고, 시라고 하기엔 생각이 차분하다. 소소한 감정의 겹들이 계절처럼 펼쳐진다.

《바닷가의 루시》

엘리자베스 스트라우트 저, 정연희 역, 문학동네, 2024

코로나 시절의 생활상을 기록한 썩 괜찮은 소설이다.
전염병을 막는다는 핑계로 우리가 어떻게 가족과 이웃, 그리고
일상과 격리했(됐)는지 추억하는 데 도움이 될 것이다.

《여름 외투》

김은지 저, 문학동네, 2023

여름 감기를 피하려면 여름 외투 하나쯤은 있는 게 좋다. 그
외투가 시집이어도 좋겠다.

《친절에 대하여》

조지 손더스 저, 강주헌 역, 알에이치코리아, 2015

손더스는 대학 졸업생을 위한 축사에서 후회 없는 멋진
인생을 살려면 지금 당장 친절해야 한다고 강조했다. 죽음에
직면한 사람들이 자기 생을 돌아보며 남기는 가장 큰 회한은 그때,
그 사람에게 친절하지 못했던 것이라고 했다. 그 사람은 가족일
수도, 지인일 수도, 생판 남일 수도 있다.

《생활의 발견》

임어당 저, 박병진 역, 육문사, 2020

20세기 세계의 지성으로 불렸던 임어당의 생활철학서.
삶의 목적은 어떤 형이상학적 실체가 아니라 인생 그 자체라고

강조한다. 청소년기와 청년기를 거치면서 여러 차례 읽었다. 나이 들어 다시 읽다가 이제는 새로 쓰일 때가 됐다고 감히 생각했다.

《고백록》
아우구스티누스 저, 성염 역주, 한길사, 2025

고대 기독교의 사상적 기틀을 세운 위대한 철학자이자 사상가 성 아우구스티누스의 저서. 자전적 고백문학의 효시이자 기독교 신학연구에 지대한 영향을 미친 작품이다.

이 책에 담긴 질문들은 (괄호)를 향합니다.

반려 생명과의 (괄호),

일에 대한 (괄호),

그리고 나 자신을 향한 (괄호).

어쩌면 (괄호)는 가장 복잡하고 어려운

질문일지도 모릅니다.

그러나 동시에, 모든 흔들림을 버텨내게 하는

궁극의 힘입니다.

당신의 (괄호)는 무엇입니까.

시간을 건너보내는 편지

제법 쓸 만한 후회

초판 1쇄 발행 2026년 3월 17일
초판 2쇄 발행 2026년 3월 19일

지은이 김영태
펴낸이 성의현
펴낸곳 미래의창

편집장 정보라
책임편집 김다울
디자인 공미향
홍보 & 마케팅 권장규·정명진·이건효

등록 제2019-000291호
주소 서울시 마포구 잔다리로 62-1 미래의창빌딩(서교동 376-15, 5층)
전화 070-8693-1719 **팩스** 0507-0301-1585
홈페이지 www.miraebook.co.kr
ISBN 979-11-24073-13-1 03810

※ 책값은 뒤표지에 표기되어 있습니다.

생각이 글이 되고, 글이 책이 되는 놀라운 경험. 미래의창과 함께라면 가능합니다.
책을 통해 여러분의 생각과 아이디어를 더 많은 사람들과 공유하시기 바랍니다.
투고메일 togo@miraebook.co.kr (홈페이지와 블로그에서 양식을 다운로드하세요)
제휴 및 기타 문의 ask@miraebook.co.kr